雨花忠魂

雨花英烈系列纪实文学

正气贯长虹

高波烈士传

陈恒礼 著

江苏凤凰文艺出版社

"雨花忠魂·雨花英烈系列纪实文学"
丛书编委会

徐 缨　徐 宁　于 阳
吴逵隆　毕飞宇　郑 焱
鲁 敏　高 民　邵峰科

目 录

001　　引子
005　　第一章　　女儿给高波的一封信
011　　第二章　　清明情系雨花台
021　　第三章　　不一般的母校
029　　第四章　　少年高波
041　　第五章　　引路的杜斌丞
049　　第六章　　烽火剧团
059　　第七章　　高波和他剧团里的小鬼
072　　第八章　　战争烽火中的英雄智慧
092　　第九章　　流自内心深处
099　　第十章　　被叛徒诱捕
111　　第十一章　在金山寺的"训导所"里
120　　第十二章　女儿的记忆和珍藏
142　　第十三章　亲人的缅怀
156　　第十四章　魂归延安

引子

1948年3月29日,南京国民大会堂里,2700余名国大代表举行了"行宪国大"。4月19日,蒋介石当选为中华民国行宪的第一任总统。

12月31日晚7时30分,

蒋介石在南京黄埔路总统官邸举行晚宴，人称这是蒋介石统治中国20多年最后的年夜饭。晚宴上气氛紧张，人人阴郁，颇有死到临头之感。

1949年1月14日，蒋介石看到毛泽东发表的《关于时局的声明》后，自知大势已去，败局已定，于1月21日发表文告，正式宣布下野。

1949年4月20日，国民党拒绝在和平协议上签字。当夜，人民解放军遵照毛泽东和朱德的《向全国进军的命令》要求，在东起江苏江阴，西迄江西湖口的千里长江上，分三路强行渡江。国民党经营了三个半月的长江防线，在人民解放军摧枯拉朽的攻势下，土崩瓦解，溃败千里。

4月23日晚，红旗插上了总统府，这宣告了国民党22年来的反革命政治统治中心获得解放，重新回到人民手中。

1948年12月下旬，国民党反动派面临全面溃败，惶惶不可终日，丧心病狂，在一个漆黑的夜里，把宁死不屈的高波等革命烈士杀害于南京雨花台。这时距人民解放军占领南京仅6个月。

高波作为陕西米脂中学的学生,《米脂中学校志》中是这样记述他的:

高波(1913—1948),原名高如化,别号连峰。1913年出生于陕西省米脂县。少年时入县城东街小学读书。小学毕业后考入三民二中,不久学校被查封后,于1930年离家出走,去西安投奔参议陕政的爱国民主人士杜斌丞。在此处他先当勤务员、警卫员,后被提升为副官。1934年考入西安绥靖公署步兵训练班,翌年参加杨虎城将军第十七路军,任排长。1936年12月西安事变后不久,在杜斌丞的安排下,奔赴延安,进入抗日军政大学学习,同年加入中国共产党。他擅长文艺,1938年毕业后被分配到八路军烽火剧团,后任该团团长。1941年调任八路军留守兵团政治部宣传科长,第二年任警备三旅民运科长。1945年12月,任八路军新编十一旅一团政委,担负改造起义部队的工作。1947年春,胡宗南军队进犯陕北,一团团长赵级三叛变,高波被叛军诱捕,关押在银川马鸿逵部监狱。高波在狱中进行着绝食斗争，经受住了严刑拷打和威逼利诱。同年5月，被转押兰州"俘虏收容所"。他在狱中组建党支部，任支部书记，领导难友开展对敌斗争。1948年5月，敌人以要犯名义将他由西安长途转押至江苏镇江"国防部训导所"。在此，敌人再施酷刑，但他仍然毫不屈服。10月下旬，高波在南京雨花台英勇就义，英年35岁。

第一章
女儿给高波的一封信

亲爱的爸爸：

您好！

我深知这是一封永远寄不出去的信,可无论如何我还是要写给您。您在天堂,女儿莉莉在人间,尽管相隔两界,却始终不能阻挡我对您的无限敬仰和眷恋思念。我相信,天堂没有革命斗争,没有叛徒出卖,没有贫富差距,也没有疾病困扰,您一定会过得很好!

爸爸,您知道吗?当听到您壮烈就义于南京雨花台的噩耗时,妈妈泪如雨下,搂着2岁多的我悲痛地说:"宝贝,你没有爸爸了!"听到这个惨痛的消息,幼小的我心如刀绞,悲痛欲绝,像天塌下来了一样,号啕大哭。

从此,我失去了我最敬爱的爸爸,但爸爸的音容笑貌却时常在我脑海里浮现。随着慢慢成长,我从妈妈的叙述中,从陕甘宁革命根据地的史料中,从南京雨花台纪念馆的陈列中,比较深入地知晓了您光辉的革命历程。您在爱国民主人士杜斌丞处担任过警卫员和副官,参加过杨虎城将军的第十七路军。从延安抗日军政大学毕业后,您担任烽火剧团团长,率领30多人,背着行李,挑着道具,过沟跨坎,翻山越岭,几乎跑遍了陕甘宁边区,为部队和群众创作、演出了大量戏剧及歌舞等文艺节目。您特别有幸,连我也感到非常骄傲的是,毛主席等中央领导同志还多次观看过你们的演出。后来,您被调到陕甘宁晋绥联防军警第三旅政治部任民运科长,参加了延安大生产运动。当您被派到第十一旅第一团任政委,负责对旧军队进行改造时,不幸落入反动军阀马鸿逵之手。在狱中,敌人对您威逼利诱、严刑拷打,您从不屈服,写下了《狱中诗》:"本为民除害,哪怕狼与狗。身既陷囹圄,当歌汉苏武。"这首诀别诗,形象生动地概括了您光荣而短暂的人生,充分展示了您崇高远大的理想信念、坚贞不屈的英雄气概和无所畏惧的战斗精神!

亲爱的爸爸,我深深懂得,我们今天的美好生活,正是源于包括您在内的那些为国家兴亡、民族自强、人民幸福而献出了宝贵生命的革命先烈们。我们今天的一切,是因为先烈们舍生取义、英勇奋斗、前赴后继、不怕牺牲得来的。自革命战争爆发以来,我国就有2000多万名烈士,为民族的独立和复兴,为国家的解放和富强,为人民的安宁和幸福而捐出了血肉之躯。烈士这个神圣的称号,辉映着中华民族的脊梁,永远不能被遗忘。忘记过去,就意味着背叛,我会牢牢记住先烈们为中华人民共和国的诞生,为我们今天的幸福生活所付出的拼搏努力、所锻造的优良传统、所立下的丰功伟绩！

敬爱的爸爸，自小学起，我就郑重地立下誓言：伟大的革命先烈们，你们的斗争取得了决定性胜利，我要继承你们的遗志，沿着你们开辟出的道路，竭诚为人民服务，为建设好伟大祖国的明天而奋斗。

高中毕业后我考上了西安医学院。大学毕业后成了一名儿科医生，走上了救死扶伤之路。在医院工作，我深知儿科医生不好当。一般情况下，儿童起病急，病情变化快，儿童自己说不清，其父母又特别紧张，很容易情绪失控，导致医患关系紧张。面对这种情况，我的处事准则是：对患儿持之以爱，对家属持之以敬，对同事持之以谦，对工作持之以诚，构建起和谐良好的医患关系。就这样我不仅成了合格的儿科医师，还成了一名儿童健康顾问。我的处事"爱、敬、谦、诚"四字诀，就是爱心、细心、诚心和责任心，用敏锐的反应能力和高素质的业务水平，构建起了和谐的医患关系，赢得了各个方面的肯定和赞许。我多次参加农村巡回医疗队，发扬甘于奉献、救死扶伤的职业精神，深入乡镇、村组，宣传医疗卫生常识,用自己掌握的医疗知识和技术,进行健康咨询,为患病农民消除病痛,为解决因病返贫问题做出了应有贡献。

敬爱的爸爸,每年清明节,我都会带着女儿和外孙女前去雨花台凭吊您,为您献上鲜花,和您说说心里话,以表达我和家人、亲戚对您的深沉哀思。同时,我经常教育、引导孩子们也要铭记革命先烈的英雄事迹和丰功伟绩,继承革命传统,做个对国家、对社会有用的人。令我感到欣慰的是,我的外孙女丫丫,现在是艺术体操队队员,经常参加比赛并获奖。

最后,我要衷心感谢雨花台纪念馆的领导同志和辛勤工作的同志们,因为这儿是全国规模最大的烈士纪念馆,也是包括爸爸您在内的127名革命烈士的家。古朴典雅的烈士纪念馆,简洁而庄重,与周围的绿色树木相呼应,格外巍峨壮美,非常引人注目。展馆以翔实的文物史料,生动地再现了革命先烈们机智勇敢、艰难曲折的斗争经历和献身精神。这既为党史研究提供了丰富重要的资料,更是启迪后人特别是青少年的生动实物。我深切地感受到,正因为雨花台纪念馆具有价值引领功能、精神激励功能、实践动力功能,所以才在党史上有极其重要的特殊地位！使我激动不已的,还有馆领导和工作人员亲自来我家询问爸爸您生前的情况,寻找您的革命资料,这种高度负责和积极的工作态度,着实令我感动。在此,为爸爸您和所有在雨花台被反动派杀害的革命烈士前辈,深深鞠躬,衷心谢谢你们！

您的女儿　高安莉

2019年7月15日

　　高安莉写给她父亲高波的信,情真意切,思念浓稠,让人读后久久不能平息。 这封女儿写给父亲的信,父亲永远也不能收到了,这是高安莉永远的痛！

　　然而,高波先烈的英灵仍在！ 含笑在雨花台的青松翠柏之间。

第二章
清明情系雨花台

2019年的清明节快要到了。

人们对清明节,总是怀着难以割舍的情感。从自然时序来讲,清明到了,万木竞发,百花吐芳,寒冷的日子不会再来。而对亲人的怀念，却会与日俱增，愈加浓厚强烈。不觉之间，就会潸然泪下。生命来到人世间和生命去另一个世界，完全是两个极端。生死之间，亲人永诀不见，是伤痛至极的不幸。好在有清明这个节日，温馨地提醒人们在繁忙的生活里，生命中曾出现过血脉相连、情感相融的另一个生命，牵来心中一阵如春雨般绵长的思念。也许梦中，会再现记忆中的音容笑貌，会在倾诉中含泪醒来，然后心被一条线牵着，牵得疼痛无处安放。有记忆的人是如此，对于没有记忆的人呢，又该如何？比如，当他来到人世间，还不曾有记忆，或刚有模模糊糊的记忆时，亲人就离他而去。这又该怎么办？长大之后，只凭亲近之人的语言描述，或根据遗像、遗物，在心中描绘已去亲人的形象，这个不可能十分准确，但却是在心中认可的形象。认可了就会感觉是最真的，就坚定地相信，这就是未曾谋面的亲人，是给过他生命的人的模样，包括声音穿着，包括姿势行为。

就在这样一个日子里，不同的人有不同的对逝去亲人的怀念方式，但思念的情感是一样的。2019年3月中旬，陕西西安的柳和江苏南京的柳，都绽出了一团娇嫩的翠绿或鹅黄，清丽、鲜亮，垂下的丝绦，在微风的吹拂下，轻柔地来回摆动，像是垂下了一条条思念。

在柳叶清明的时候，思念也开始萌发。

这的确是一个令人思念的季节。这种思念是不分性别与身份的。只要是在生命中与其产生过无法割舍的血脉关联，这种思念就会永远地存在，别人是无法体会到的。

这几天，西安市第一医院73岁的退休主任医师高安莉，显得很期待，也很迫切。她在精心地筹备着行程，她要去南京雨花台烈士陵园，瞻仰自己的生身父亲高波。这位革命烈士，在中华人民共和国成立的前夜，被国民党反动派残忍地杀害了，就义地点就在雨花台，神圣英雄的雨花台。

高安莉记得，去年，让她感到惊喜和欣慰的是，在清明节到来之前，她又一次接到雨花台烈士陵园的邀请，和来自全国各地40多个雨花台烈士家庭的180多位亲属，齐聚雨花台前，向烈士纪念碑默哀，向先烈们敬献花圈，表达对革命先辈的无限崇敬和哀思。在凭吊仪式上，高安莉与雨花台烈士陵园管理局局长赵永艳一起整理了花圈和挽联。那一刻她的双眼噙满了泪水，心中涌动着对国民党反动派愤恨的怒潮。高波烈士被国民党反动派残忍杀害时，高安莉还小，小到还没有记忆，她就失去了自己的英雄父亲。她不可能对杀害父亲的刽子手没有仇恨！尽管她对她的父亲——革命烈士高波，没有什么清晰具体的印象！可是她今天再次来了，来见她的父亲了！

是的，生活在当下的人们，有没有人根本不记得像她父亲那样为新中国献出热血和生命的人？惬意地生活着的人们，还会有谁去复习那段腥风血雨英勇壮烈的革命历史？但是，肯定有人不会忘记，也有更多的人不会忘记！当我们发现丢失了最为宝贵的精神、理想，当我们在前进中产生迷茫，当心中褪去了红亮的底色，人们会追忆起来。今天，高安莉被邀请到雨花台烈士陵园，向父辈先烈表达自己的崇敬，这就是证明。这不仅仅是为了纪念和怀念。这是在寻找初心,这是因使命在心。

巍巍纪念碑,高高雨花台,这里一直闪耀着中国共产党人革命理想的光辉。她坚定而又自豪地告诉活着的人,我们,红色的基因,为中华人民共和国的人民,永远耸立在这里!

南京雨花台,这块红色的土地,英雄的土地,革命烈士用鲜血和生命染红了她。高安莉作为牺牲在雨花台的高波烈士唯一的女儿,也是他唯一的骨肉,她对这片土地甚至比她对父亲的故土——陕北米脂县东大街还要熟悉。因为在这片山岗下,埋藏着她父亲的英灵。在这里的烈士纪念馆里,她能够找到她亲爱的父亲!这里有她父亲在被国民党杀害之前,写给她母亲成波和她的诀别信。

雨花台烈士纪念馆位于南京市雨花台区雨花台烈士陵园南端的任家山上。这是一座既有传统民族风格又有现代气息的雄伟建筑。

纪念馆内分十个展厅。以中国共产党发展的四个历史时期为主线,按照烈士牺牲时间的先后顺序,共陈列了127

位革命烈士的珍贵史料。在"迎接黎明，血沃新天"部分中，主要展示了解放战争时期牺牲的28位烈士的事迹，分为"军旅英杰献身决战""潜伏英雄奇功特勋""文化尖兵扛笔作枪""最后斗争破晓曙光"四个单元，分别展示了在战争前线、隐蔽战线、文化战线以及学生运动中牺牲的烈士。高波是其中之一，位列第二位。

这里所展示的革命英烈高波的事迹，作为女儿的高安莉真是太熟悉了，她闭着眼睛就可以背出来。

她一次次来到这里，倾听父亲的遗愿，感受父亲的光芒，追寻父亲的革命足迹。这一次高安莉是带着她的女儿、女婿、外孙、外孙女一起来的。这是她想了很久的决定。她要带他们来，他们也必须来，除了珍视革命先烈的荣耀和自豪，更为重要的是，她希望把父亲的革命遗志和革命精神，一代一代传承下去。她要在活着的时候，看到她的儿孙们已经知道，为了新中国的人民，为了全中国劳苦大众的翻身解放，他们的先辈献出了青春，献出了热血，献出了生命。这是最为宝贵的传家财富。她觉得，她有这一份想法和执着，是神圣的，是可以告慰父亲的，这也是作为女儿对父亲最好的敬仰和思念。雨花台的丰碑，不仅要永远耸立在她高安莉的心中，更要永远耸立在下一代儿孙的心中。

高安莉是后来才知道，她的名字是英雄父亲给起的。她出生于陕北的"三边"之一安边，她来到人世间，身上每一个细胞，都带着父亲的红色基因。这就是夺取革命的伟大胜利，建立新中国，建设新中国，让人民翻身解放当家做主，让人民过上自由而幸福的生活。于是，"高安莉"三个字就自然而然地产生了。"高"是父亲的姓，这是血脉相传。"安"是革命的红色土地安边，是她的出生地，是革命理想的基因相传。"利"是胜利，是夺取中国革命的胜利！因为她是一个女孩，父亲愿她像花朵一样鲜艳芬芳，于是在"利"字上加了一个"草"字头，成了莉，成了茉莉花一样芬芳的女孩！殷殷之情，多么令人动容。这是一个伟大慈爱的父亲，对他心爱的女儿，一个幼小生命的由衷祝福！长大后的高安莉，从她的名字里，触摸到了父亲的心跳和温暖，心中产生了一股浓浓的感恩和依恋之情。但她无法扑进父亲宽厚温暖的怀抱里！

父亲高波牺牲的时候，高安莉究竟多大了，连她自己至今也没弄清楚，尽管她一直想弄清楚她来到人世间的准确日子，却一直无法实现。她的母亲成波（也叫陈波）不知是出于什么原因，也一直没有告诉她准确的出生日期。为什么不告诉她？高安莉作了几种假设，又觉得任何一种假设都成立，也都不成立。她不是她母亲，无法知道也无法理解，这么一个简单的却对她有着重要意义的准确日子，她的母亲为什么不告诉她。她一次次追问母亲，母亲也一次次地拒绝，于是她不再追问了。高安莉对别人说："我是 1946 年生的，还是 1947 年元月生的，我妈就是不跟我说到底是哪一个日子。反正有的资料上介绍，我是 1947 年 1 月生的，有的又说是腊月二十一生的。后来我自己做主，决定了我的生日是腊月二十一。我父亲是 1947 年 4 月被叛徒诱捕的。父亲被捕后，我是有多大呢？啊！"她的语调里充满了沉痛，似乎在说，为什么我不早一点儿来到人间呢？为什么我的记忆不可以早一点儿呢？

高波女儿高安莉，她自己填写的出生日期是1946年12月21日，以此推断，她的父亲英勇就义时，高安莉应该还很小，按1947年出生推断，也应该才一岁多。

高波英勇就义时，高安莉的母亲成波并不知道，中华人民共和国成立后，成波向中组部、华东组织部、西北局去信寻找高波的下落。经过组织上的努力，成波终于知道，自己心爱的丈夫，高安莉的英雄父亲已被国民党反动派残忍杀害了！

高安莉无法面对面地看到父亲的音容笑貌和体察到他慷慨气如虹的革命意志，但是，人们从高安莉成长的道路及她为人处世、忠于党和忠于人民事业的行动中，依然可以看到在她身上留有其父亲的影子。高安莉善良，正直，疾恶如仇，公私分明，目标明确，意志坚定。她热爱党，热爱新中国，热爱劳动人民。她的同事说，我们在她的身上，看到了她英雄父亲的形象。

雨花台的春天，在等待烈士的女儿。

从西安飞来的燕子，将会在纪念碑前，倾诉对英烈父亲的深沉思念。

第三章
不一般的母校

100多年前,米脂县城东大街的高家裁缝店里。

高贵荣心里很欢乐,他有一个孩子,很快就要降临人间了。至于媳妇生的是男孩还是女孩,他并没有多想。因为这个并不重要，他只是在想，孩子长大之后做什么，是继承他的裁缝手艺呢，还是培养他或她不断读书，将来有一碗好饭吃，说不准还可以光宗耀祖。高贵荣是当时米脂县城仅有的两位裁缝之一，依靠裁缝手艺养家糊口。他像陕北黄土高原一样淳厚、质朴，为人热情，尽力尽善。尽管如此，他们家仍是一个城市贫民家庭。他的力量还不足以改变他一家人艰难的贫困生活。孩子的到来，给他带来欢乐的同时，也会额外增加家庭负担。他做一千一万个梦，都不会梦到，即将到来的孩子，会成为他家里的一位革命英雄，而他的骨肉将会在35岁的时候，被敌人杀害于千里之外的南京雨花台。

高波出生的地方，现在叫陕西省米脂县城关镇东大街，当时叫米脂县银城二乡。

米脂，多么美丽的一个名字！

"米脂的婆姨，绥德的汉"是陕北流传的一句赞语。米脂姑娘善于持家，加上常年食用小米，养得白白嫩嫩的，是出了名的美。美得质朴、动人、贴心又温润。

米脂的小米，天下无双。小米位居五谷之首，世间多有饮食禁忌，唯有小米与人相伴百无禁忌。小米冬暖身，夏去暑，尤其适合坐月子的产妇以及肠胃不好的人群。米油金黄，入口柔滑，百吃不厌。人说米脂的小米可以熬出三层米油来，可见是多么养胃又养颜。

米脂就是因为盛产小米且"米汁淅之如脂"而得名的，其米汁又称桃花水，滋润出了一个"美人县"。

米脂人说，他们的小米，仅用凉水淘洗，便可以看到水面有油脂花出现。熬成小米粥后，清香扑鼻，软糯而甜，盛入碗中即可凝出一层米脂，放置一会儿，便可揭下三层油皮。

米脂的农民，在偏远的黄土高坡上种植小米，无农药无化肥，牛犁地，人除草，从种到收，一直遵循着自然法则，待成熟时，品质立现，谷穗甸甸，颗粒圆满，光泽自然，粒粒分明。尤其是自然加工出来的小米，别说亲口吃了，看一眼就会爱不释手，无法放下。

"米脂的婆姨，绥德的汉"，这两个地方的美女帅哥因小米的养育而出名。米脂相传是貂蝉的老家，有貂蝉（窑）洞为证。东大街是古城米脂的老街，与北大街组成十字形，小巷小道分布于两侧。街面的石板和石片，随着不同的地形坡度，或平铺，或竖砌，各具特色，古朴而又富有情趣。这座古城，距今已有近千年人文历史。早在北宋期间，这里就出现了小村落叫惠家砭，后逐渐发展改叫米脂城。米脂，米脂老街，承载着深厚的黄土文化，散发着古老的历史气息，当地人称她为宝城。

这里的人家以米脂窑洞四合院为主要居住格局，这在全国也最具典型性。古城城楼和四合院门匾，无不记载着米脂璀璨的历史文化信息。

高波就读的母校东街小学，现在位于米脂县东大街36号。米脂东街小学创建于元代初期，是陕北高原上一所最具悠久历史的著名学校。先后被称为"成德书院""圁川小学堂""县立第一小学堂"。1956年定名为"米脂县东街小学"至今。

高波是幸运的，他的母校建校700余年，始终保持着严谨扎实的办学传统，培养出了一批又一批的优秀人才，为古城米脂赢得"文化县"的美称做出了突出贡献。特别是在近代，东街小学始终站在历史的前沿，为民族的解放和国家的建设事业发挥了无可替代的作用。在东街小学接受过启蒙教育的不仅有高波，还有刘澜涛、马文瑞、郭洪涛、常黎夫、马建、高本宗等著名人物。

我们今天可以想见天资聪慧、伶俐的高波，当他迈进这所小学时的新奇和惊喜。他当然对这所学校的历史了解得不是那么清楚，但当他看到那座古雅的大成殿和状元阁时，不会体会不到他就读的这所小学的庄重和厚重，不会不心生庆幸和憧憬。当他识得了许多文字，他更加热爱自己的母校了，更加渴望尽快获得更多的人生知识。

大成殿就是米脂的文庙。元代初期，县尹建文庙尊儒学。元至元十年（1273），县署主簿冯安国在县治旧上城修建学宫，管理培养生员。明弘治五年（1492），陕西提学副使杨一清（邃庵）到米脂视学，认为文庙、学宫场所过于狭隘，指令搬迁新建，扩大学舍。知县陈奎等人遵办，在下城东街选址修建，即今天的东街小学。东侧建文庙，西侧建学宫。弘治九年（1496）落成，距今近520多年。

明嘉靖二十四年（1545）、隆庆二年（1568），知县丁让、霍维苤重视教育，先后集资修缮学宫的讲堂、学舍、斋房。学宫尊礼崇儒，对儒生进行科举教育，"边徼人士环视诵听，共被教化"。明代县内出过文希醇等8名文进士，艾梓等4名武进士，艾元复等33名文武举人，清顺治十一年（1654），知县单国振"以振兴教育为己任"，主持修复被战乱破坏的学宫。

清乾隆初年（1736），知县叶咏将学宫改为"成德书院"，增加学子数额。清道光四年（1824）知县王鹄动员富户坤商捐资，存商铺生息，资助学院，同时将"成德书院"改称为"圁川书院"，寓意文运久远，圁水（无定河）川流不息。清光绪二年（1876），知县焦云龙申报上司拨款和自筹款扩建书院。光绪十年（1884），知县骆仁主持修葺书院，使学风更趋浓厚。书院开讲之日，除儒生外，其他文人亦来听讲，室内容不下，就立于窗前户外聆听。光绪十五年（1889）至二十一年（1895）逢二次科举考试，书院高增融等5位举人相继考中进士，轰动陕北，受到省内外学界青睐。清代出高钿文等文进士9人，艾质素等武进士3人，李重华、谢奎璧等文武举人72人，贡生191人。

光绪二十八年（1902），知县李炳莲根据上年朝廷关于办新学的诏书，改"圁川书院"为"圁川小学堂"，聘高愉庭为校长。光绪三十一年（1905），"圁川小学堂"更名为"县立第一小学堂"。1922年起，改为县立第一高级学校。抗日战争、解放战争期间称东街小学。1949年改称米脂县第一完全小学。1956年起复米脂县东街小学这一名称至今。

东街小学是米脂县内历史最悠久、办学条件较好、师资充足的一所学校，本县许多知名人士曾在该校接受过启蒙教育或任教，这里也是中国共产党、共青团米脂组织策源地之一，一直受到党和政府的高度重视。

不可否认，童年的高波就读于东街小学，对他的启蒙教育乃至后来的成长，起到了至关重要的作用。同时，高波也以自己的远大志向，胸怀民族解放抱负，以鲜血和生命，为他的母校，增添了一道耀眼夺目的光芒。

1924年，原名高如化的11岁高波，固然还是个孩子，但心智已在他身上卓然生长。他怀着对知识的好奇与渴望，走进了现在的东街小学，当时被称为米脂县第一高级小学。他的目光被文庙和状元阁的古色古香吸引。这些辉煌建筑，庄重而又厚重地屹立在这里，向他昭示着什么呢？那就是读书做人，做一个对民族解放有用的人，做一个对社会有贡献的人，做一个对人民心怀赤诚的人。

现在，东街小学的画廊里，悬挂着高波烈士的遗像，下面是关于他的英雄事迹介绍。他的母校没有忘记这位优秀的学生，这位学生也给母校增添了共和国的红色光彩。学生们伫立在画廊前，老师们伫立在画廊前，他们在注视着神采奕奕的高波，高波也在注视着他们。就这样，他们每一天都在默默进行心的交流，都在书写母校新的历史。

第四章
少年高波

高波到了应该上学读书的年龄。

父亲问他:"你要不要上学?"

高波回答:"要!"

父亲说:"上出来学,做

个好裁缝。"

高波坚决地摇了摇头，只回答一个字："不！"

父亲问："为什么？"

高波回说："我要做比做衣服更重要的事！"

对于走进米脂东街小学的高波，他生长的环境和时局，不可能不影响他幼小的心灵。先进的思想不可能不走进他的心灵，追求上进的一颗稚嫩的心，不可能不影响他的憧憬。一辈子像父亲那样当个裁缝，做得再好，也就是为乡邻多做几件衣服，多挣一点儿钱，自家生活得好一点儿，不会有更加远大宏伟的目标。他心中想的是做大事，是走出米脂，为这个国家，为受苦受难的人民，做更加重要的事情。他认为他可以做到。他幼小的心里似乎燃烧着火，充满了光亮。他一定要做出一般人做不出来的成绩，就是一定要干一番大事。这个时候，他还没有为了革命为了人民而不惜献出热血、生命的意识，但这颗红色种子早已埋在他的心头，只是等待发芽而已。任何一位民族英雄的成长，与他内心世界的愿望和他成长的年代环境是无法分开的。我们有理由相信，英雄之所以在平凡中卓显伟大，与他从小埋下的一颗伟大的种子是分不开的。高波埋下的种子，就是共产主义的红色种子，就是先天下之忧而忧的种子，就是为劳苦大众谋幸福的种子。这颗种子，很显然要比做一名裁缝要高大得多。米脂是一个富有传奇色彩、具有光荣传统的地方。历来人杰地灵，英才辈出。西夏国奠基者李继迁、明末农民起义领袖李自成、共和先驱高攀桂、开明人士李鼎铭、民主人士杜斌丞、抗日名将杜聿明、布衣作家李健侯、秦腔泰斗马健翎，共产党杰出革命家马文瑞、刘澜涛，以及优秀的共产党人艾丕善、尤祥斋、李福盛、常耀华、张文庭、刘杰、姜安雄、马谦卿、艾楚南、申效曾、马建平、杜瑞兰、姬也力、马瑞文、郭洪涛、常黎夫、朱子休、申长林等。当然革命烈士高波也名列其中。他们各领风骚，光照后人。英雄壮桑梓，浩气存千古。今天，雄踞在米脂大地上的李自成行宫、杜斌丞纪念室、李鼎铭陵墓、杨家沟纪念馆、沙家店战役遗址等历史遗迹，如座座丰碑，记载着米脂的光荣。而矗立在市中心的闯王跃马进击的塑像，则是米脂人民策马扬鞭、奋勇进取的精神写照。

高波原名叫高如化，别号连峰，是从东街小学考入三民二中的。陕北高原虽然贫穷落后，中国共产党却非常重视此地革命斗争的开展。早在1923年，中共北方区委就派同志赴陕北宣传马列主义，同时开展一系列革命活动。革命的浪潮卷至米脂，一些先进的学生上街游行、贴标语；将城内神父邢怀仁捉到戏台上，开群众斗争大会；李大钊同志牺牲后，党组织在这里举行追悼活动。所有这些都给当时名叫高如化的高波以深刻影响。

高波以他的革命热情和强烈的进步愿望，在上学期间就成了老师和同学们信任及拥护的积极分子，他曾被推选为学生会干部。小小年龄，就显示出他的领导组织才能。1927年，米脂城内进行"一打三反"的游行示威运动，高波和他的同学冯世光等英勇积极地参加打豪绅运动，已经在当地很有名气。1928年5月，米脂城内掀起反基督教运动，神父邢怀仁被学生们捉到北门内老爷庙的戏台上，召开千人斗争大会，高波也汇入人流，思想受到启蒙影响。1929年，高波考入米脂县三民二中，其时反对土豪劣绅的斗争更为激烈，高波上街张贴标语，与土豪对垒。1928年至1929年，米脂县的土豪劣绅几次请镇守榆林的军阀井岳秀部围剿三民二中，镇压学生运动，致使三民二中时开时停，后干脆被封闭。1930年，高波被迫弃学离家，去西安投奔杜斌丞先生。

现在，我们先来了解一下三民二中，这样才有可能对高波烈士的学生时代有一个较为明晰的认识。

三秦名校米脂中学，最早的开学日为1927年4月13日，这被已出版的两部校志记载确认。据文献记载，经杜斌丞等米脂社会贤达奔走呼吁争取，米脂县立初级中学创建起来了，校址设在盘龙山真武庙处。当日举行开学典礼，杜立亭任校长。8月下旬，榆林镇守使井岳秀将米脂县立初级中学改名为三民主义第二中学，简称三民二中。9月上旬，开学不久，校内秘密建立中共党支部和共青团支部，刘韶华为党支部书记，李馥花为团支部书记。

三民二中党组织的创建，为1929年考入该校的高如化开启了一扇共产主义理想的大门，也为他1930年被迫弃学离家，投奔杜斌丞先生埋下了伏笔。而杜斌丞先生，无疑是高波后来奔赴革命圣地延安的引荐人、指路人。三民二中原来的校门已经封存，打开之后，就是现在的闯王李自成的行宫。这扇小门已成了见证历史的文物。

在那个时期，随着米脂革命运动的深入，高如化和进步学生一起，积极展开反对土豪劣绅的斗争，声势越来越大，土豪们纠集镇守榆林的陕西军阀井岳秀，多次派兵围剿学生，冲突日趋尖锐，正常教学秩序已无法维持。

1928年9月底，因叛徒出卖，三民二中的党组织遭到破坏，有4人被逮捕，发生了"中秋节事件"。于是井岳秀停拨了三民二中的办学经费，学校被迫关闭。1930年，高如化被迫离开母校，独自一人到西安投奔爱国民主人士杜斌丞先生。1934年，高如化考入西安绥靖公署步兵训练班。翌年毕业，入杨虎城部任排长，由于共产党在西北军中很有影响，活动较多，高如化和共产党的关系更加密切，并把自己的命运和党的命运紧紧联系在一起，声称："我是无产阶级，一定跟共产党走！"1936年，西安事变后不久，高如化赴延安，进入抗日军政大学学习，同年加入中国共产党，并改名为高波。1938年高波从抗日军政大学毕业，并任八路军留守兵团政治部烽火剧团的团长。

米脂《民国县志》第七册（1946）"学校"条下列有"设立中学沿革记"一节，其文曰："邑之拟立中校，自民初以来，屡经开请，迄未实行。至十三年（1924），陕北镇守使井公岳秀，热心教育，毅然在陕北开办三民中学二处，在榆者为第一，在米者为第二。校址在城北门外真武庙。未及两载，省府谓负责无人，饬令取消。嗣至二十八年（1939），省府委派校长营尔斌来县筹设，仍定北门外真武庙为校址，是为省立米脂中学。迨至二十九年（1940），奉省令迁于榆林县之镇川堡，距邑城仅三十里。当地政府即于是处，筹设米脂公立中学，校长延为马君济川。是为记。"该记主要史实与校志基本吻合，只是创立时间是1924年，与2007年版校志所记的1927年明显不同；2017年版校志注意到了这个问题，在"三民二中的创立"一节中做了如下记述："1924年底，米脂地方名流积极倡议兴办中学，得到米脂籍旅京学生和社会各界热烈响应，德高望重的米脂籍教育家、榆林中学校长杜斌丞更是极力赞同和热情支持。通过杜斌丞积极奔走斡旋，征得榆林镇守使井岳秀首肯，并报西安国民联军驻陕总司令部教育厅备案，同意在米脂兴办中学直到1927年建校……1927年4月13日（农历三月十二），宣布成立米脂县立初级中学校。"该志注意到了民国县志的记载，但将建校时间定在了1927年。

那么，为什么1924年没有如期开学呢？确定1927年4月13日为米脂中学的校诞日，又是怎么回事呢？

清光绪三十一年（1905），米脂顺应取消科举制的潮流，关停了圁川书院。原圁川书院改建为县立第一高级小学，即俗称的东街小学（高波的小学母校）。米脂从此没有了中等学堂，想进一步深造的学子们只有去榆林和绥德或者是更远的西安及关中一带上学，这使得历来崇文重教的米脂父老深感不便和焦虑。于是，在米脂建立中学的呼声不绝，直到1924年，热心教育的榆林镇守使井岳秀终于批准。

但，在当时要创建一所全新的中学，面临两大困难，一是建校的经费问题，一是能胜任新学科教学的教师问题，这些问题一时都是难以解决的。在财政极度困难的当时，选址新建是不可能的，只能利用旧有的大型建筑改办。于是，米脂盘龙山真武祖师庙宇群落成为首选之地。

但要用神庙办学，庙宇的会首们会同意吗？那些善男信女会赞成吗？广大米脂民众能接受吗？这在当时，无异于是要开展一场灵魂的革命。

但一切都为高波后来走上革命道路做好了铺垫和筹划。

盘龙山真武庙始建于明成化年间，明代有记载的就有两次重修。《圁川艾氏家谱》中收有邑第一位进士艾希淳于嘉靖二十九年（1550）写的《重修上帝庙》和其子艾有聪于隆庆五年（1571）写的《修玄帝庙碑记》，现在，盘龙山还矗立着两座清代重修庙宇的碑记，一座是乾隆年间绥德进士张秉愚写的《重修盘龙山真武庙记》，文中清楚地记下了这次重修的时间——从乾隆四十三年到五十六年，整整十三年，历时之久，增建之广，耗材之多，可想而知。一座是光绪版《米脂县志》主编高照煦先生写于光绪十五年至二十一年，历时六年，又中载："每岁三月三香火之盛，较昔年有其过之无不及焉。"之所以罗列这些内容，是为了证明盘龙山真武庙是米脂人集近五百年的财力、心智建成的道教圣地，更为了赞扬米脂人的开明，为了子孙后代的文化教育，他们敢于开展灵魂的自我革命。

最终，盘龙山真武庙搬出了神像，诞生了米脂的新式中学。这些艰难的抉择和繁杂的过程，肯定在1924年批准建校后就开始了运作，这才使得后来能够顺利开学。

后来，向健在的首期学生征询开学时间时，他们一致回忆是1927年4月13日正式开的学。于是，每十年一大庆时，都循此定例，将1927年4月13日定为校诞日。

我们来看看高波进入三民二中读书的前前后后发生的一系列时局变化。这一切必然会对高波的思想认识产生冲击，也会给他带来新的思考。

1927年初，米脂县成立的国民党组织与共产党组织一道宣传男女平等、工农商学兵团结、反封建、反压迫等。7月以后，国民党右派控制陕西局势，米脂县国民党左派成员解散组织，退出国民党。

1930年，高波被迫弃学离家的这一年，国民党陕西省党部在继续"清党"的同时，布置各县仿照山西实行的"新村闾制"，设农村自治筹备处，拉拢部分士绅加入国民党，侦缉进步青年，防止群众"赤化"。这是高如化将名字改为高波的历史背景。

从这里我们可以读出，高波从东街小学考入三民二中，他是目睹了国民党在米脂的腥风血雨的残酷统治，以及对进步青年和共产党人的摧残杀害。如果不在杜斌丞的安排下投奔延安，继续留在米脂，他依然会成长为共产党员，但也依然会遭到国民党的迫害。那么，他将不是被杀害在南京雨花台，而是在米脂，或榆林，或绥德的其他什么地方。 总之，国民党的罪恶魔爪是不会放过像高波这样的共产党员的。

第五章
引路的杜斌丞

杜斌丞先生对少年高波具有极大的吸引力。高波选择投奔杜斌丞先生,是选择了一种爱国的伟大情怀,是怀揣着追求真理的初心,是先进青年对革命前途的光明追求。对于高波而言，要实现人生的热血抱负，在当时的情况下，投奔杜斌丞先生，是最好的选择。

杜斌丞先生对高波的到来，无疑是欣喜的、信任的，对他的成长、未来充满了希望。这从高波在他身边的身份变化可以看出来。高波先是做杜斌丞的勤务员，然后是警卫员，然后是副官。没有高波追求上进的理想和热情，是不会这样得到杜斌丞的青睐的，当然也不会得到他的培养和重用。杜斌丞是何等人物？他具有敏锐的识人目光和用人标准。他重用高波，不仅因为高波忠诚、认真负责或聪明伶俐，还因为他看到高波身上有那一腔火热的革命激情在燃烧。杜斌丞肯定是发现了这个年轻人只要能够得到较好的培养和锻炼，就会对这个民族的革命事业做出一份值得期待的贡献。

1931年，高波在给杜斌丞当警卫员时，对西安中共地下组织的同志特别敬佩，特别热心。凡是他认识的、知道的中共地下组织负责人有困难，他总是请求杜斌丞给予帮助。杜斌丞也乐意接受高波的请求，先后给共产党员谢子长、杜鸿范、李光明、刘志丹解决了许多重大问题。

我们现在来详细了解一下杜斌丞先生，从他的精神世界里，我们就可以看到高波的影子。

在西安市玉祥门外的环城公园里，静静地矗立着一块纪念碑，上面写着"玉祥门十二烈士就义旧址"。1947年10月7日，杜斌丞在蒋介石给胡宗南的"即行处理，以免后患"的电令下，与另外11名共产党员及爱国进步人士被国民党集体枪杀。杜斌丞就义前为著名爱国人士、中国民主同盟中央常委兼西北总支部主任委员。毛泽东亲自为杜斌丞题词："为人民而死，虽死犹生。"

杜斌丞生于1888年，陕西米脂人，刘志丹、谢子长是他的学生，杨虎城将军视他为智囊，他同时也是西北民盟的创始人和领导者。

杜斌丞7岁时入陕西米脂县城私塾读书。1906年随时任绥德中学堂学监的姨夫高幼尼到其创办的绥德中学堂读书。在这所新型学堂里，他深受爱国思想的洗礼。1907年他考入三原宏道高等学堂。1911年的辛亥革命推翻了中国两千多年的封建专制制度，1912年杜斌丞从宏道高等学堂毕业，到绥德中学堂任教，深受学生的欢迎和爱戴。

1913年夏，杜斌丞考入国立北京高等师范学校史地部。在京学习时期，他痛感北洋政府的腐败无能，怀着爱国主义热情，对孙中山的革命活动和主张深表赞同。国立北京高等师范学校以"诚实、勤勉、勇敢、亲爱"为校训，以培养学生的人格精神和作风，这对杜斌丞产生了深远的影响。杜斌丞把自己的爱国之情、救国之志，全部凝聚在学习上，如饥似渴地阅读历史、政治等方面的书籍，研究世界各国的教育思想和学制，兼容并蓄，力求融会贯通，以探求救国之道。后来，他把他的这些思想和认识，又传给了高波，影响着高波，这对高波的影响无疑也是深远而深刻的。

杜斌丞在学习之余，还邀请一些要好的同学去北京等地的天文台、发电厂和有名的中小学校参观考察，丰富知识，开阔眼界。

杜斌丞的社会实践与阅历，加上在校学到的西方进步社会学说,使他在政治上逐渐成熟起来。这期间,老同盟会会员惠又光受孙中山的委托从日本回到了北京。惠又光是高幼尼的挚友,刚到北京时暂住棉花二条胡同高幼尼家,杜斌丞有机会结识了惠又光。后来惠先生搬到了高幼尼家附近的延安会馆居住,杜斌丞常约表弟高建白一同前去拜访惠先生。他常常提出政治上的许多现实问题,惠先生总是联系实际,细心分析,有时与他们共同讨论,提高认识,统一看法。惠向杜阐述了孙中山的三民主义及各项政治主张。杜对孙中山极为崇仰,表示自己将拥护三民主义,唯对依靠大小军阀倒袁不以为然。杜认为中国之希望在年轻一代,造就一批有为的革命志士,方是当时之急务。他引用陆游的诗"人才泯灭方堪虑,士气峥嵘未可非"来表达他的观点。惠又光长杜斌丞4岁,又有革命经历,两人的交往使杜斌丞受到民主革命思想的熏陶,到五四运动前,杜斌丞已是一位觉醒的先进知识分子、新民主主义的先行者、有独立见解的政治人士。那么,比高波大25岁的杜斌丞,在见到高波并发现高波的思想追求时，不可能不以自己的认识和思想，影响并启蒙着高波。

这一天副官高波走进来，杜斌丞望望眼前这位青春洋溢、英俊聪颖的年轻人，脸上露出了笑容。此后他一直在想，如何创造机会，让这位热血青年能更快地成长，更快地成熟，将来为这个国家发挥更大的作用。他不能总是把高波留在自己的身边，尽管他身边需要这样的人，这样的副官兼警卫员。

杜斌丞问高波："最近有什么新的想法啊？"

高波回他说："跟着您，觉得一切都很好，没有什么想法，有了想法，不用您问，也会告诉您啊。"

杜斌丞说："年轻人没有远大志向和抱负，是不对的。你在我这里，就是继续干下去，将来也不会做出惊天动地的事来。我觉得你还是要有新的选择才是。"

高波惊讶了，问他："我还会做出惊天动地的事来？还会有更好的选择？"

杜斌丞说："是的，我一直对你有这样的想法。"

高波更加奇怪了，纳闷了，继续问道："那么，我该怎么选择？"

"你应该到部队去，到革命最前线去，到中国最需要的地方去，去追随中国共产党，为民族的大业奋斗去！"

"怎么样去追随中国共产党？你不就是共产党人吗？"

"我哪里算得上是中国共产党人！跟他们比，我还相差很远。这样吧，你努力一下，报考西安绥靖公署步兵训练班吧，到那里可以增加你的知识，增长你的才干。"

高波听了，陷入了思考。他一直把他崇敬的杜斌丞当作老师，当成父辈。现在恩师对他提出了新的要求，这要求自然寄托着恩师对他的希望。他不能不去思考。

高波决定按杜斌丞交代的去做。

1934年，高波考入了西安绥靖公署步兵训练班。经过一年半的刻苦学习、训练，他以优秀的成绩毕业了，在杨虎城部任排长。这个时候，高波还不是中国共产党党员，但他经常与一些共产党员接触，这是杜斌丞一直交代他的事。他常说自己："我是无产阶级，一定跟共产党走！"

杜斌丞认为，应该早一点儿让高波真正地加入中国共产党的队伍。认真思考过之后，他决定派常黎夫把高波送到延安，送到毛泽东身边，送到抗日大学去继续学习深造，掌握更多的革命真理和革命方略。1936年双十二事变发生后不久，高波来到了延安抗日军政大学，同年，高波光荣地加入了中国共产党，成为一名真正的共产党人。他立即把这个消息转告给了杜斌丞。这让杜斌丞舒了一口气，高波走上了人生的转折路口，前途可期、人生可期，他可以十分放心地让高波在抗日大学里展翅翱翔了。

第六章
烽火剧团

为了适应抗日的需要，中国共产党于1936年6月1日在陕北瓦窑堡成立了中国人民抗日红军大学。1937年校址迁至延安，改名抗日军政大学。毛泽东任教育委员会主席,林彪任校长。学员主要是从部队抽调的干部,并招收一些知识青年,学习政治、军事、历史、民运、统战等课程。毛泽东为抗日军政大学题词:"坚定正确的政治方向,艰苦朴素的工作作风,灵活机动的战略战术。""团结、紧张、严肃、活泼。"

杜斌丞作为一名伟大的教育家,当然清楚这所学校在中国革命道路上的历史地位和重大意义。他觉得能把他认可的高波送到抗日军政大学去读书,对高波成长为一名革命军人,将会起到无法估量的作用。这不是一般名义上的大学!这是世界上独一无二的大学。

1938年12月,晋东南和晋察冀根据地分别成立了抗大分校,总部迁往华北敌后根据地,并先后在延安、淮北、苏北、晋绥、淮南、苏中、鄂豫皖等根据地建立了分校。至1945年,总校和12个分校共培养了20余万名革命干部。抗战胜利后,抗日军政大学改名为军事政治大学。

这燃烧的战斗的旋律,在激励着高波的斗志,鼓舞着他的信念。

数十年来，抗大的教学传统仍是我国国事教育的传统，仍是军事教育的宝贵财富。抗大办学 10 年，坚持"坚定正确的政治方向，艰苦朴素的工作作风，灵活机动的战略战术"的教育方针，以"团结、紧张、严肃、活泼"为校风，实行"少而精""理论联系实际""教育与生产相结合"等教学原则，创造了多种形式的教学方法，为我党、我军培养了一大批能文能武的优秀指挥员，他们在抗日战争和解放战争中建立了不朽功勋。这批干部像种子一样在各地生根发芽。1937 年 8 月，红军改编时只有 4.6 万人，到了 1945 年 8 月，八路军、新四军发展到了 120 万人，民兵发展到了 260 万人。没有抗大培养的大批干部，就没有后来革命力量的发展。

抗大的确是世界上独一无二的军事院校。"边生产边学习，边战斗边学习"是抗大最为明显的办学特色。延安抗大纪念馆里的一幅图画就是对这一特色的诠释：画面上，一队正在行军的抗大学员身背行装，为了不影响学习，每个学员的行装后还有一块小黑板，上边写着字，学员们边行军、边学习，既完成了军事任务，又学习了文化知识。高波的学习任务也是这样完成的。

"抗大为我国军事教育留下了宝贵的财富。"从红军大学到抗大，从抗大到分校，都体现了党对军队的绝对领导。抗大之所以能成功地为中国革命培养出大批德才兼备的人才，关键是理论与实践相结合，教学与战局相结合，党和军队建设相结合。灵活多样的办学方式，也为新中国的办学积累了经验。今天，中国共产党和人民军队形成的优良作风，就是在大批抗大干部的影响下形成的，中国共产党治党、治国的经验也是从抗大积累来的。

1938年，高波在这所世界上独一无二的抗日大学毕业了。由于他能歌善唱，并长于音乐，于是被分配到了八路军烽火剧团工作。这个时候的烽火剧团，正需要高波这样能文能武、能唱能演的抗日文艺人才。不久，他便成了烽火剧团的团长。

1940年，高波与从湖北武汉参军，后奔赴延安的女共产党员成波同志结婚。婚后成波同志即去中央党校学习，毕业后在警三旅卫生部任指导员。

中国共产党在组织上、政治上保证八路军是民族的抗日主力军，按照其优良传统，八路军既重视武装抗日，也十分重视文化建设，在陕甘宁边区开展了形式多样的戏剧活动，组建了各类剧团，烽火剧团便是其中之一。烽火剧团进行了大量演出且创作出了众多剧本。八路军在陕甘宁边区的戏剧活动抗战主题鲜明，环境相对平和，演出形式多种多样，作用巨大，既鼓舞了士气，动员了群众，团结了友好人士，又丰富了根据地军民的文化生活，保存和发展了传统民间艺术。

七七事变后，八路军是华北地区坚持抗战的中流砥柱。洛川会议后，八路军根据中央的指示精神，开赴敌后创建了晋察冀、晋绥、晋冀鲁豫、山东等抗日根据地。1941年1月18日《总政治部、中央文委关于部队文艺工作的指示》中指出："部队文艺工作的方针，首先在于团结和培养有战斗生活经历的专门文艺工作者，使他们能够用戏剧、音乐、美术、文学等形式，把民族战争的一切现实生活（民众及将士在抗战中的英勇斗争，日寇、汉奸、投降分子、顽固分子的阴谋诡计等）反映出来。"抗战事业不仅需要战场上的英勇杀敌，还需要文化战线上的斗争配合。八路军在党中央所在的陕甘宁边区开展了如火如荼的戏剧活动，有利配合了抗日武装斗争，极大地鼓舞了广大民众的抗战热情，有利于抗战各项工作的全面开展。

八路军总政治部成立了延安影剧团，各师也成立了戏剧团。红军长征到达陕北后，中央直属的一个主要剧团——人民抗日剧社于1936年1月成立，危拱之（叶剑英元帅的妻子）为社长兼导演，1937年3月组建了人民抗日剧社总社，下辖中央剧团、平凡剧团、铁拳剧团、延安青年剧团等戏剧组织，剧团总人数达200名。

1937年8月人民抗日剧社总社改名为抗战剧社，中央红军宣传队于1937年10月组建成了烽火剧团，划归八路军留守兵团政治部直属。由于该剧团人才多，队伍壮大，又整编成五个分队进行活动。著名作曲家冼星海于1939年来此剧团进行工作指导。活跃在陕甘宁边区的八路军戏剧团体还有边保剧团、战烽剧社、战士剧社、奋斗剧社、挺进剧社、四军十一师宣传队、部队艺术工作团和延安联政宣传队。

烽火剧团演出的第一个剧目是街头化装宣传剧《枪毙托派张慕陶》，由演员假扮破坏抗战团结的张慕陶，其最后在延安城北门外被革命干部"枪毙"。演员演得真实生动，这场表演曾轰动延安，拥挤在街头的群众弄不清真假，就连在延安的外国记者也信以为真，收到了显著的宣传效果。剧团的分队于1938年春深入到陕甘宁边区的绥德、米脂、佳县、府谷、神木、榆林等地巡回演出。演出的剧目有由高波改编的歌舞剧《小放牛》，还有京剧《过关》、话剧《流民三千万》、歌剧《治病》《放下你的鞭子》、历史话剧《李秀成之死》。特别是大型话剧《纪念十月革命》的演出，轰动了各界，还因此受到毛泽东的嘉奖，毛泽东还约见了剧组人员进行座谈，并让秘书开了张边区银行200元的支票以示奖励，还给剧团成员每人买了一双棉鞋。高安莉为她父亲感到骄傲，因为毛主席看了他们烽火剧团演出的戏！

烽火剧团和其他抗战剧团的演出活动，体现了鲜明的抗战主题，反映了根据地人民的生产、生活实践。所有的文艺活动在相对稳定的环境中展开，并以灵活多样的形式，教育群众，鼓舞军民的抗战热情，团结和统战友好人士，配合当时的政治工作，保存和改造了传统民间艺术。八路军的戏剧活动满足了广大民众的文化需求，延安的新式秧歌剧层出不穷，激发出边区群众超乎寻常的热情，各机关都组建了秧歌队，这不仅丰富了群众的文化生活，也起到了巨大的宣传教育作用。全国各抗日民主根据地都迅速开展了新秧歌运动，而且还波及了国统区大后方。

烽火剧团的宣传教育作用是巨大的，对抗战的贡献是不可磨灭的。文艺的力量，有着它的独到之处，是无法替代的。

高波把他的激情都投入在烽火剧团里。他是一位团长，更是一名战士。他找到了生命的着力点、依附点。他要用自己的全部才华来带好这一支抗日文艺队伍。这是抗日救亡的需要，这是民族解放的需要。这位出色的文艺战士对他的战友们说："拿笔的、画画的、演戏的、跳舞的，都是抗日文艺战士。烽火剧团的老底子是红军宣传队，我们要保持红军宣传队的战斗传统。"他带领烽火剧团，宣传抗日救国，无情揭露国民党的假抗日真内战嘴脸，机智勇敢地与国内外反动派斗争。

高波英勇就义 68 年后的 2016 年，《雨花》杂志上刊发了当年烽火剧团小鬼——高波战友李强写的一篇回忆文章《高波同志在烽火剧团》。我们从李强的文字中，读到了高波团长的音容笑貌。她写道：

在国庆节这个最欢乐的日子里，我听到一个非常悲痛的消息。那一天，天气特别美，团团白云浮着，银燕高飞。我在观礼台上看着浩浩荡荡的游行队伍，完全忘记了自己。然后有个人轻轻地拍我的肩膀，又亲切地唤了声"小鬼"。我回头一看，原来是延安留守兵团的一位老首长。他说："你知不知道高波的消息？"

我说："不知道。我们最后一次见面不在延安，是在三边,快二十年了。我一直在打听他的消息,你看见过他吗?"

他没有直接回答我的问题,沉重地说:"去年我陪一个代表团到南京去参观。在雨花台烈士纪念馆里,我一抬头,忽然看见了他的照片……"

我几乎叫了出来:"怎么?他牺牲了?"

他努力克制住内心的激动说:"我在他的遗像跟前足足站了有半个钟头,移不开脚步……"他取下眼镜偷偷擦了擦眼睛。

高波牺牲了,我怎么也不能相信,他那无忧无虑的神志,他那滑稽的笑脸,好像就在我的眼前。人们都叫他"洋相鬼",他也真能出"洋相",一眨眼就能变出一副面孔来。他用手把脸住下一抹,眉梢、眼角、鼻子、嘴巴一起都朝下,立刻变出一副难看的哭相来,往上一抹,眉梢、眼角、鼻子、嘴巴一起又朝上,忽然变出一副滑稽的笑脸来;他会用手变鸭子,会把自己变成木偶人;他会学对眼,又会两只眼睛分开往两边看;他还会假装拔出一根胡子把它捻成线,捅得自己的鼻子打喷嚏……他的"洋相"要多少有多少。

第七章
高波和他剧团里的小鬼

李强,是烽火剧团新来的小鬼。这一年,是1939年。李强虽然是个小鬼,但她的青春热血在燃烧,她追求的革命理想在飞扬。她充满了对革命胜利的憧憬。她活泼、单纯、浪漫而又忠诚。她也许还不清楚抗日形势在发生急剧变化。她对来到烽火剧团当一名小鬼战士感到既新鲜又喜欢。

党对烽火剧团在抗日战争中发挥不可替代的作用十分重视，并不断地加强力量，使它更加壮大。这也说明党对高波带领的烽火剧团给予了充分的信任和期待。

李强小时候，是位胆小的小姑娘，她自己也不明白为什么会害怕戴眼镜的人。难道那眼镜后面有小孩子不明白的神秘吗？令她感到意外的是，她到了烽火剧团，偏偏就遇到了那个戴着眼镜的团长高波。高波看了看小小李强，故意绷着脸说："喂，小鬼，你怎么见了面不向首长敬礼？"吓得李强更加不知道该怎么回答，这个团长好可怕！

小李强刚刚参加革命队伍，连军装都没有穿过，更没有接受过部队的训练，她哪里懂得这个规矩？高波的态度，给李强这个小女孩留下的印象很不好。她心里想：这是个什么人？态度怎么这么横？好像我是他敌人似的！往后在他手底下，他还不知道会怎么治我呢？

李强是这么想的，却没有说出来。令她意想不到的事情发生了。她哪里料到，她的心里活动，早已被高波看了个清清楚楚。高波收起绷紧的脸，哈哈大笑起来，伸出双手，就把小李强的两只胳膊抓了起来，把她抡了一大圈，然后小心地放在地上，用手指刮着她的鼻子说："怎么这么不中用？一个大小伙子还没有我们姑娘胆儿大呢？将来还怎么上战场给战士们演出？"

李强红着脸说："谁是小伙子？我才不是个小伙子，我是个小姑娘，你把眼镜擦清楚了看！"

高波拉过小李强，把她拉到亮处，这边看看，那边看看，然后两手扒拉着自己的嘴巴，扮成一个大老虎的样子，哇地大叫一声说："我专吃小姑娘！"

小李强一看，不由得笑起来，这个首长，不那么吓人啊！和家里人没有什么区别，用不着害怕他了。

这时候，有人过来告诉她："这就是我们烽火剧团的团长，他的名字叫高波，你喊她高团长！"

李强后来说，就是高波团长让她懂得了文艺为工农兵服务，为革命战争需要服务，让她理解了毛主席在延安文艺座谈会上的讲话内容。

李强最早接触戏剧，不是演，而是看。那也是她最早的工作，在上青训班时看文工团演戏，有好看的布景，有明亮的灯光，就跟真的一样。看得小李强十分激动，真的想上舞台上走一走。她想，这个戏，这种演出，我也会，我也能！所以被分配到烽火剧团，她心里别提多高兴了！她上舞台为大家表演的梦想就要实现了，那是她心里头活蹦乱跳的梦想啊！

让她怎么也无法想到的是，这个烽火剧团不是在晚上演戏，而是在白天，在大街上，既没有布景，也没有灯光。布景就是卖羊杂碎的，卖烧饼的，灯光就是大太阳，在头上明晃晃地照着，台上台下一个样。演出时，牲口叫，孩子嚷，老百姓围着一大圈，脸对着脸瞅你，瞅得你无处可逃，无法避开。这和在集市上耍猴玩把戏的场面没有什么区别，这可真叫小李强难为情，怎么会有这样的演出呢？

该小李强上场了。可她上不了，怎么上？她无论如何也迈不开脚。舞台监督看到了,不免就十分着急,这怎么行? 一圈群众都睁大眼睛看着呢。舞台监督推着她,越推她越往后缩。舞台监督也不知该怎么办了,总不能替她上场吧? 他把脸转向团长高波,意思是,我没办法了,这个小鬼胆小,你看怎么救场吧。

高波走过来问:"你怎么不出场了?"

小李强怯怯地说:"这又没有舞台,怎么个演法呢?"

"烽火剧团从来都是在这样的舞台上演戏的啊! 你叫老百姓到剧场里去看戏? 有的能去,有的不能去。现在我们把戏送到他们家门口,就在他们中间演出,就跟真事一样,宣传效果特别大,小鬼,你懂吗?"

"这么多的人脸对脸瞅着,我笑不出来,也哭不出来!"

"你就当他们是你的家人。家里人对你笑,你还笑不出来? 家里人对你哭,你还哭不出来? 家里人来看你演出,你还会紧张吗?"

高波指着面前的观众对小李强说:"你看那一张张笑脸,看那老头,看那老太太,牙都没有了,头发也快掉光了，你不是找你奶奶吗？那不就是你奶奶？"高波说着，把腰一扭，夸张地学了一个老太太的动作，装作没有牙齿的声音说："快来吧，我的小孙女！"李强一见就笑开了，趁此时机，高波用手轻轻一推，就把小李强推出去了。

说来也很奇怪，这一天的演出，小李强发挥得特别好，自然、欢快，而且她竟然形成了一种习惯，以后的演出，越是这种场合她越是喜欢，要是离群众远了，看不到那一张张熟悉的笑脸，听不见那熟悉的声音，小李强反而不习惯了，演不出劲头来了！

高波说："小鬼，演得越来越好了！"

小李强说："这都是你高大团长带出来的啊！"

不久，小李强接到一个新任务，到野战医院去做慰问演出。她和战友长华、双虎分在一个组。李强被选为代表，去跟伤员讲话。因为李强小，活泼可爱，她当代表跟伤员讲话，是最合适不过的了。但这对一个小鬼来说还是头一回，小李强心里真的发慌，这一慌，就不知该怎么办了。

长华说:"你慌什么? 又不是没上过场? 那不就跟念台词一样吗? 你预先准备一下稿子,把想说的话写下来,到时候一念不就行了吗?"

小李强一听顿时有了主意,挺用心地写了一个稿,还请团长高波给改了改。 这一下她以为可以放心了,没有问题了。 出发之前,走在路上,她抓紧时间念啊念啊,把稿子背得滚瓜烂熟,认为可以顺利完成任务了。

野战医院到了。 前面是一排陕北窑洞,伤员们就在里面养伤。 小李强进了窑洞,看到了从战场上下来的英雄,一个个像她那样年轻。 欢迎的掌声,仿佛拍在她的心上。 该她讲话了,她却讲不出来了。 长华赶忙偷偷捅了捅她,让她快一点儿说,还提示了一句。 这时小李强才想起来几句。 她清了清嗓子,平静了一下情绪,两手像个大人似的向身后一背,鼓足了勇气,像背书一样,眼睛望的不是英雄伤员,而是窑洞顶上,说:"同志们,你们为了革命,为了打日本鬼子,为了中国老百姓光荣负伤了,我代表……"刚开了个头,伤员们齐声叫:"好!"这一叫不要紧,把小李强好不容易背下来的词儿给叫忘了，她羞愧地低下头再也抬不起来了。

高波见到了，立马过来打圆场说："这个小姑娘胆太小，没有见过英雄，没有上过战场。长华、双虎，快过来给战士们唱歌拉琴吧，我来带头。"场面这才重新开始热闹起来。至于战友们和团长唱了什么，小李强脑子里嗡嗡的，一点儿也不知道。她心里一直在懊恼，一直在后悔，一直在低着头，连加入唱歌的行列也失去了勇气。

野战医院慰问演出结束，烽火剧团的战士们回到住地，开始热烈地讨论心得体会，小李强坐在炕角不敢开口。大家知道这个小鬼钻进死胡同里出不来了，都来劝她。

"小鬼，开心点。"

"李强，别难过了。一回生，二回熟，下次就好了。"

可谁劝也没有用。小鬼李强躲在炕角里，就是不说话。

讨论会结束了，战友们都走了，有的去散步，有的去溜冰，只有小鬼李强，仍然低着脑袋掉泪，站在墙犄角走不出窑洞。

这时候，她听到一个老迈的咳嗽声传了进来，紧接着一个白胡子老汉把窑洞门推开了。他什么话也不说，直往屋里走。小李强奇怪了，这么晚了，白胡子老汉是谁，他来窑洞里干什么？于是她小心地问："老爷爷，你找谁？"

老爷爷也不马上回答，径直坐在炕沿上，把旱烟袋锅在脚上磕了磕，像是对自己说话似的："我找我的小孙女。"

小油灯一闪一闪的，李强认不出老汉的面孔，就走过去问："你的小孙女是谁，你找她什么事？你知道她在这里？我怎么没听战友说谁有您这位白胡子爷爷呢？"

白胡子老汉用手比画着说："我的小孙女就像你这么大，我要给她送要紧的东西。"

"什么要紧的东西？"

白胡子老汉从怀中掏出半个葫芦瓢说："你看看这个！"

"你拿这个干啥？我们烽火剧团不用这个啊。"

白胡子老汉叹了一口气，说："我的小孙女今天去慰问伤员，连一支歌也没给人家唱，就哭着回来了。我心疼她是个胆小鬼，专门给她送个瓢来给她接眼泪！"说着，就把半个葫芦瓢送到小李强的鼻子底下来："小孙女，使劲哭吧！"

这下小李强听出来了，她知道这个白胡子老汉是谁了，是团长高波！她噗的一下笑出声来，一边说："我不来了，你骗人！……"一边一把扯掉了高波粘贴在脸上的胡子和眉毛。

高波抓住小李强的手，指着自己的鼻子问："你说我是谁？"

"装！我还认不得你？高团长！"

"不对，我是农民老汉。"

"你才不是呢！"

"怎么不是？我父亲、祖父都是庄稼人，我小时候也种过谷子、土豆！"

高波说着，走向窑洞门外，一眨眼工夫，进来时又变成了全副武装的战士，身上背着子弹袋，手里拿着枪，问:"我是什么人?"

李强看了看,说:"那谁还不知道!"

高波晃着脑袋,故意把声调拉长说:"唉,别人能说得上来,你就说不上来。"

"战士呗! 还说不上来!"

"不对,还不对! 是穿军装的农民! 我再变一个给你瞧瞧!"

高波变戏法似的,放下手中的枪,顺手从身后抽出一个唢呐,嘀嘀嗒嗒吹起来。 然后又问:"我这是什么人?"

"乐队!"

高波立即放下唢呐,又拿起了枪,说:"不对!"

"战士!"

高波又把枪放下,吹起了唢呐。 高波变得快,李强说得也快,闪电一样,炸豆一样,连珠炮一样!

"乐队!"

"战士!"

"乐队!"

"战士！"

"乐队乐队，战士战士！"

到了最后，小李强说："随便你怎么变，反正你是个乐队！"

"你只说对了一半，这也叫战士！不管拿武器的还是拿乐器的，都是一样的战士！"

小李强一时还是转不过弯来："拿乐器的怎么叫战士呢？"

"在延安共产党的军队里，拿乐器的叫文艺战士。拿笔的、画画的、演戏的、跳舞的，都是革命文艺战士。你呢？你是什么？"

"我？我也是战士！"小李强明白了什么。

"不对！别看你穿上了军装，你现在还不是真正的战士！"

小李强当然不服气："我怎么不是战士？"

"是战士，你怎么见了战士抬不起头来？"

接着，高波的话变得严肃起来："不论是拿枪的革命战士，还是拿乐器的革命战士，最重要的是看他的思想是不是武装起来了。思想武装起来了才是真正的战士，而且永远是战士，他无论在什么战场，无论在什么环境中就都能坚持战斗！"高波突然又把话题一转："你知道不知道，咱们烽火剧团的老底子是红军宣传队？"

小李强很惊异："噢？是真的吗？你怎么不早说？"

高波笑了，说："现在说也不晚啊，走，小鬼！"高波把小鬼李强领到了延河边上。

一弯新月从东方升起，团长高波和小鬼李强踏着积雪，踏着银色的月光在延河边上走来走去。高波绘声绘色地给李强讲了许许多多红军宣传队的故事。小鬼李强听了，又是兴奋，又是惭愧。这天夜里，以至终生，李强一直记得团长高波在延河边上对她说的话："拿武器的、拿乐器的都是革命战士！"

那一夜，延河上空月光明亮，陕北的高原也听到了这句话。

第八章
战争烽火中的英雄智慧

1940年,中国的全面抗日战争进入了第四个年头。面对国外极为复杂多变的形势,中国共产党高举民族解放的大旗,发挥中流砥柱的历史作用,继续承担起拯救民族于水火的历史重任，带领中国人民无畏艰险，敢于斗争，善于斗争。延安烽火剧团，也面临着艰难困苦的险恶局面。在高波的带领下，他们以必胜的信心，坚定的斗争策略，灵活的斗争艺术智慧，肩负起中国共产党赋予她的历史责任。

1939年冬至1940年春，为削弱以至逐步消灭共产党在华北的力量，国民党顽固派掀起了第一次反共高潮，以重兵向陕甘宁边区、晋东南和冀南等抗日根据地发动了较大规模的武装进攻。对此，根据地军民坚决予以有力反击，随即又派代表与其展开谈判，达成停止武装冲突、划定驻地、分区抗战的协议，成功打退了这次反共高潮。

同时，在思想战线上，中共也迎击了国民党的进攻，对其关于中国"不需要社会主义"等的疯狂叫嚣进行了针锋相对的驳斥与反击，这也正是毛泽东等中共领导人发表一系列文章，系统阐述新民主主义理论的一个重要原因。

此后，面对国民党顽固派掀起的第二次反共高潮，特别是其最高峰——1941年初的皖南事变，中国共产党也是毫不畏惧，妥善应对，采取在政治上取攻势、军事上取守势之方针，同其展开了有理有利有节的斗争，成功打退了这次反动高潮。

这再次证明了中国共产党对国民党顽固派采取的策略方针的正确性。同时，也证明了中共中央的领导在政治上已经完全成熟，面对艰难多变的环境，能够正确处理各种难题，成功掌控整个局势的发展。

进入战略相持阶段后，日军逐步把其主要兵力用于进攻敌后抗日力量。在此情况下，中国共产党肩负起抗击日本侵略军的主要责任。

面对新的形势，1940年2月10日，中共中央和中央军委明确规定了八路军、新四军的战略任务，即粉碎敌人的"扫荡"，坚持游击战争，打退投降派和顽固派的进攻，将华北、华中连接起来，建设民主的抗日根据地，巩固抗日民族统一战线，争取时局好转。

在血与火的斗争中，中国共产党广泛动员人民，依靠人民，领导人民抗日武装，顽强战斗。东北、华北、华中、华南……长城内外，处处能听到抗日救亡的怒吼，大江南北，时时可见人民军队奋勇杀敌的英姿，日本侵略者深深陷入了人民战争的汪洋大海。

在战斗中，中国共产党领导的人民军队也不断得到发展壮大。到1940年底，除东北抗日联军外，中国共产党领导的人民军队发展到了50万人，此外还拥有大量的地方武装和民兵。除陕甘宁边区，还建立了16块抗日民主根据地，共拥有近1亿人口，在全民族抗战中发挥越来越突出的作用。

1939年夏，烽火剧团到陇东一带演出。因为要通过国民党顽固分子统治区，路上很危险。部队为了保护剧团战士们的安全，派出武装部队来接应他们，双方约定在路上碰头。可是走了好久，眼看就要进入顽固分子统治区了，还是没见到碰头的自己部队。李强和大家的心情开始紧张起来，连高波也不例外。这可是抗日战争年代啊，何况面对的不仅仅是日本侵略者，还有与共产党为敌的国民党顽固分子。太阳已经偏西了，很快天就要黑下来了，可是仍不见我们队伍的踪影，他们会不会在路上发生了什么意外？

高波比团里的战士们更清醒，任何事都有可能发生。国民党打着抗战的招牌，实际上根本不是去抗战，而是专门找共产党闹摩擦，利用一切机会，向共产党的抗日部队进攻，手段残忍地杀害共产党的抗日干部。李强不会忘记，青训班的一个同学，就被顽固分子砍掉了臂膀。

部队前进到一个村庄前。高波观察了一下，命令部队在村外停下来休息，派人进村把情况了解清楚后，再做进一步的行动安排。

就在这个时候，李强他们发现，村口有几个人鬼鬼祟祟地向高波他们这边看，还指手画脚地说着什么。不一会儿，不知他们是怎么想的，还是怀疑了什么，竟然明目张胆地走了过来，还问："你们，多少人，多少枪？布套里装的是什么武器？"原来他们是国民党保甲长带的人，果然是来找麻烦，搞烽火剧团的鬼。可是在烽火剧团，除了团长高波有一支左轮手枪,其他团员什么武器也没有,如果发生意外情况根本没法对付。

而烽火剧团住下来不行,往前走更危险。有人开始害怕了。在这种情况复杂多变的时候,团里又没有什么武器,遇到危急情况,不害怕那是说大话。团长高波却显得很沉着,立刻召集分队长开紧急会议。

高波说:"现在情况很严重,我们的思想不能解除武装;只有武装好思想,才能有保障应付一切突发情况。"分队长开完会后,立即传达了紧急会议精神,要大家不要慌,不要紧张,听从团长高波的统一指挥。

只听一声哨响,大家哗的一声立马一字排开。高波威严地站在队前喊着口令:"立正! 枪上肩!"乐队战士立刻把用布套子蒙着的提琴、三弦、二胡、手风琴……扛到肩上。大家都装作使劲的样子,好像那些玩意扛在肩上真的好重,有几十斤吧,不是机关枪,就是掷弹筒。高波响亮地说:"同志们,要特别爱护重武器,注意群众纪律,严防擦枪走火误伤了老百姓! 要提高警惕,随时准备出击,打击敌人。"高波的话说一句，全体团员大声重复一句，就像喊口号似的。 好像烽火剧团真的是一支有很强战斗力的正规部队。 李强正在担心他们的大鼓、小鼓该怎么办，因为没有蒙布套，那些物品易暴露剧团的真相。 就在李强他们犹豫之时，忽听高波说："军乐队走在前面！"这支部队还有军乐队，要走在前面，李强他们立马明白了团长的用意，走在了队伍前头，打起了洋鼓，吹起了洋号，精神抖擞地从村这头走到了村那头，好像在示威。 大家这时明白了高波说的思想武装的意义。 虽然大家没有枪，但终究制住了敌人。 那个国民党保甲长带的几个坏家伙，看到烽火剧团的阵势，一点儿也没敢乱动。 晚上，为了防止他们给附近的国民党顽固军送消息，李强和战友拿着演戏的道具整夜站岗放哨。 所以，没有意外的事情发生。

一夜平安无战事，天亮整装再出发。 这是一个危险的区域，对于全团没有武器的烽火剧团，情势就更加危险，必须加快行军速度，尽早走出顽固分子统治区。 战士们高度警觉，没有一个掉队的。 可是，这样的超紧张急行军到了下午，战士们就明显地体力不支，累得不行了。尤其是李强这帮小鬼战士，两条腿像灌了铅一样，根本迈不动。加上昨天夜里站岗放哨，没睡好，又只吃了一顿饭，肚子开始咕咕地叫起来，叫个不停。陇东平原，看起来是平平的，但要通过一条条大深沟，比翻过一座山都费劲儿。下沟时两条腿疼得受不住，上坡时就更加拉不开栓。陕北的太阳火辣辣地照着，战士们口干、头晕、脚底板痛，一坐在地上就起不来，说什么笑话喊什么口号也鼓不起劲来了。高波看到了，不光不发愁，还对着大伙笑，眯着眼笑，真气人！

高波忽然说："喂，小鬼们，把你们的绑带解下来，我给你们变个拖拉机！"可是小鬼们动不了手，全部累瘫了！高波只好自己动手，解下几副绑带，拴在自己身后的皮带上，就那么耷拉下来，像是一个孔雀尾巴。他说："来，来，你们在后面拉着！"李强感到很有趣，就跑过去拽住一根绑带头，其他小鬼也学她的样子，手拉一根绑带头，弄得高波像是一棵娃娃树。高波说："拖拉机开动了！"就嘟嘟地叫起来，拉着一帮小鬼向前走，像是一头加足了油的大铁牛。李强真的弄不明白，高波和他们一样跑路，一样饿肚子，怎么会有这么大的精神！挑汽油灯的战士看到了这幅情景，顿时身上都有了劲，跟着高波继续行军。

到了目的地，在进村之前，高波停了下来，说："咱们不能这样把'拖拉机'开进村里去啊，要学学红军宣传队。长征期间，他们和部队战士一样行军，战士累了要休息，他们还要搭宣传鼓动棚，鼓舞大家的士气。他们比别人辛苦，精神可比别人足。所以咱们也不能拿好像打了败仗的样子去见战士们！"

小鬼们一听，立马来了精神，重新打好绑腿，整理好军纪，像每次到了宿营那样，奏起军乐，踏着整齐的步伐进村去。欢迎他们的战士问："你们累不累？"小鬼们挺着胸脯大声说："不累！"

一个从革命战争中成长起来的战士，无论他是在激烈的前线战场以血肉之躯拼杀，还是在用自己的革命激情战斗，都是在腥风血雨中承受了常人难以想象的困难和危险。他们不曾被巨大的困难压倒，而是用坚强的意志去战胜面临的艰难困苦。这是人民的军队，他们是革命的战士。他们的心中有着伟大的理想和坚定的信仰，他们向着建立新中国的目标前进，无往而不胜，他们的意志坚不可摧。高波是他们的团长，也是他们的榜样。他们在任何时候都会挺身而出，不怕牺牲。这是共产党创造和领导的伟大的人民军队、人民武装，所以，他们是一支革命乐观主义的铁军。

第二天要准备演出了。李强说这是一次非常有意义的演出。他们把精心排出的节目单，拿去征求部队首长的意见，这些精心编排好的节目，在多次演出中受到战士们的欢迎。他们对这些节目很有信心。但是，部队首长说，战士们好长时间没有听到京剧了，是不是可以为他们唱段京剧啊？按说，战士们的要求就是烽火剧团的演出任务，这是无话可说的，也是不能以任何理由拒绝的。有求必应，要看什么就来什么。烽火剧团的伙伴们，谁不是十八般武艺都会来两下，要不然还怎么叫烽火剧团？还怎么叫文艺战士？但现在，表演京剧的乐器没有带来。没有带来不是没有想到，而是紧急出发无法带齐。怎么办？高波说就是现编现排，也要克服困难，满足首长和战士们听京剧的要求。

高波想出了一个代替乐器的土主意，也许叫战时主意吧。高波说这难不住我们，我们去向老乡借乐器！没有锣，借来老乡脸盆当锣敲，没有鼓板，借来老乡的升子当鼓板打……嘀嘀，一切都是从老乡那里借来的，演出中这神奇的乐器一响，立刻赢得台上台下一片喝彩声。他们什么时候看过这样的京剧表演，听过这样的京剧乐器？以前没有，以后也不会有。烽火剧团，在战争的环境中，创造出了别开生面的京剧表演艺术，这也该写入中国京剧表演艺术史吧。京剧表演结束了，台上拉台下，台下拉台上，台上台下连成一片，笑成一片，欢呼成一片，大家都不愿意散去。这么新奇的京剧表演是烽火剧团创造出来的，谁愿意早早散去呢？没看够！

那就好吧！高波说我们为部队战士们准备一台规模较

大的大合奏吧。乐器少了怎么办？不是有向老乡借的经验吗？这难不住我们的烽火剧团！全团齐上，这个打鼓，那个打镲，分配给李强的是小镗锣。要是在过去，小鬼李强不知要闹多大的别扭呢，这是她平时不愿意打的乐器。可这时候高波说："小鬼，这有什么？烽火剧团宣传表演，就是要精干，一个人当几个人用，大家要一专多能才行，要不在关键时刻，怎么显示出你的才能啊！"李强一听就不好意思起来，愉快地接过小镗锣，参加到大合奏中来了。

李强知道，高波说的一专多能，不是单单说给她听的，而是他自己就是朝这个方向努力的。他什么戏都唱，什么角色都演。乐队缺人他上乐队，台上缺龙套他去跑龙套。上乐队他什么乐器都能用，跑龙套他什么龙套都能跑。需要时，战士说："团长，你来吧，没有人了。"高波说："好，没有人，我上，放心！"高波不仅能上乐队、能跑龙套，还能写会编、会导演。他真是既能吹能唱，又能拉能弹。为了掌握这些技术、技能，他不知下了多少苦功夫。没有选择，这是革命的需要。常常在夜深人静的时候，战士们会听到从远处山头上传来的悠扬琴声，不用问，那准是团长高波在练基本功！

李强知道，这对于高波来说是多么不容易。他既要管理队伍，还要编排节目，更要随时准备应付不可预测的情况的发生。一个团的战士安全全系在他的身上，上级领导下达的任务也扛在他的身上。他还是一位眼睛近视到一千度的人。为了给战士们创作他们喜闻乐见的文艺节目，他常常通宵不能睡觉。他常说："我们部队宣传队跟地方剧团不一样，地方剧团搞一种地方戏能够适合当地群众看就行了。部队战士，有江西的，有湖南的，有山西的，有福建的，全国各地哪儿的人都有，我们就是要想尽办法，让所有的战士都喜欢……"

这就是烽火剧团团长高波的使命和追求，一个革命战士的自觉、责任、担当。他从来到烽火剧团，从当文艺战士那一天起，就追求每一种为战士所喜闻乐见的文艺形式，途径就是向民间学习，向传统学习，向战友学习，向老乡学习。他会唱京戏，会唱秦腔，会唱郿鄠，还会唱碗碗腔……在李强的印象里，几乎没有高波不会唱的东西、不会拉的乐器。高波还大胆地运用传统形式和民间形式表现抗战新内容，为革命服务，为部队官兵服务。他和同志们共同创作的京剧《平型关大战》，表现了八路军指战员英勇善战，痛击日本侵略者，极大地鼓舞了部队战士的士气。他创作的《大锯缸》表现了游击队队员机智勇敢，建立抗日革命根据地……此外，他还用秦腔郿鄠形式写了不少反映抗战的戏，虽然有些作品是幼稚的，但就是这些用革命激情写出来的文艺作品，对宣传抗战起到了积极作用。战士们喜欢看，剧团里喜欢演。

在紧张的战争环境里，人们很难想象高波对许多民间文艺形式能运用得如此成功，使它们发挥积极的作用。李强记得，他用快板形式写出了《花子拾金》，用双簧形式写出了《小精怪》，用流行的中国小歌舞形式编出了新的《小放牛》……那些旧的形式经过高波的再创作有了新的内容，有了生动的情节。新的内容，非常新鲜活泼，因而在战士中也就非常富有感染力。他新编的《小放牛》唱遍了陕甘宁根据地，他的《小精怪》是每次演出的必备节目，许多连队的战士都在排演，他配词的小调《花子拾金》在辖区内外广泛流传……以后，每当李强听到那些热烈的掌声，就会想到她的团长的那些不眠之夜，那些辛勤的创作。烽火剧团在中国共产党的抗战史上，留下了不可磨灭的光辉一页。人们不会忘记，由于烽火剧团继承了红军宣传队的光荣传统，有许多像高波那样的文艺战士的忘我战斗，它日渐成为一个具有强烈战斗性的、为战士所喜爱的革命文艺团体。难怪伟大领袖毛泽东同志观看了他们的演出后，对他们给予了充分肯定，亲自指示对他们进行奖励慰问。

短短几年的时间，高波率领的烽火剧团30余人，背着行李，挑着幕布、道具，过沟壑，越峁梁，几乎跑遍了陕甘宁边区，给部队和群众带去了喜闻乐见的革命文艺节目。留守兵团烽火剧团已成为具有强烈战斗性、为部队所喜爱的文艺团体。

1942年，延安开展整风运动，高波被调到陕甘宁晋绥联防警备第三旅政治部任民运科科长。不久，时任中共中央政治局委员、中央社会部部长、总学习委员会副主任的康生，在审查干部中，搞"抢救失足者"运动。这股风刮到了部队，高波被调整到"整风训练班"接受审查。几个昼夜的逼供"车轮战"，弄得他心力交瘁。但他凭着对党的忠诚，坚信事实终究会弄清楚。他像普通战士那样，每天打水扫地，出公差勤务。他还利用自己的特长，组织训练班唱歌演出。当有的同志闷闷不乐时，他就出个"洋相"，逗个乐子。他走到哪里，哪里就有琴声、歌声和笑声。大家也亲切地称他为"我们的活宝"。不久，毛泽东发现了审干运动的扩大化错误，很快加以纠正了。

高波在"抢救失足者"运动中，始终保持对党的忠诚，对马克思主义的坚定信仰。随着运动的纠正，高波也结束了被误解的迷茫和委屈。

1943年春，为了响应毛主席发出的"发展生产，丰衣足食"的号召，解放军开展了轰轰烈烈的大生产运动。高波以普通一兵的身份积极参加机关的生产劳动和练兵活动。 他经常赤着脚穿着草鞋，背着筐到大街小巷去拾粪。当时的燃料全靠上山砍柴，高波和战士们一起，动手砍柴背回来。 他本来体质就差，别人背六七十斤，他总要背一百斤以上。 开荒时，他打了满手血泡，就扯一块裹腿布裹上继续干，渗出血了也不停止。 他的任劳任怨，感动了所有官兵。 当时从冀中接来了一批新兵，他们大多数都是知识分子，在高波的带动下，都坚持下来了。 他还积极组织和领导部队机关搞拥政爱民、优抚工作，为抗属锄地担水，并亲自去做慰问演出。 在国民党发动第三次反共高潮时，高波领导并亲自参加机关的备战工作，当时被称为"延安三大忙人"之一！

在小鬼李强的回忆中，她最后一次和高波见面是在1943年冬天。

这一年，中国革命形势呈现一片欣欣向荣的景象。中国共产党领导的敌后抗战已经度过了最困难的时期，进入了再发展阶段，并在一些地区开始了对日、对伪军的攻势作战。 也是从这一年起，通过大生产运动，敌后抗日根据地机关一般能自给两三个月甚至半年的粮食和蔬菜，按照当时的水平，实现了"自己动手，丰衣足食"的要求。 在中国共产党的坚强领导下，抗战胜利的曙光已经在望了。

这一年的冬天，高波已经被调回到警备三旅去工作了。 那一天，李强与战友们，正在和许多内蒙古老乡一同联欢，男同志坐在炕沿，女同志和姑娘、嫂子们坐在炕上面。 可是大家语言不通啊，坐了半天一句话也没有。还是乐队战士有办法，借来几个马头琴一拉，内蒙古姑娘、嫂子们就跟着唱，歌唱她们的绿色草原、金色沙漠，歌唱她们在共产党领导下的幸福生活。 李强他们之前就搜集过内蒙古民歌，这时候用上了，和内蒙古姑娘、嫂子们肩靠肩手拉手像亲姐妹似的坐在一起唱，音乐成了他们沟通的语言，让他们交流了彼此的情感。 唱着唱着，李强猛然发现门口有一张熟悉的笑脸，眼睛笑得眯成了一条线，那是高波！ 李强立即跳下炕，向高波跑过去。 高波亲切地拉着李强的手说："两年不见真有了出息，和群众结合得挺好，对毛主席在延安文艺座谈会上的讲话学得不错呀……"

从这以后，李强这个烽火剧团的小鬼，就再也没有见过她的团长高波。她一直在想念他。她怎么也预料不到在十几年以后，得到的是悲痛的消息。在这次国庆观礼台下，她的一位老首长告诉她说："高波同志已经牺牲了！他是我们的骄傲！"李强几乎是喊了起来："高波用他的生命完成了对我人生的最后一次教育！"

李强直到这时才知道，在新中国诞生之前的1948年12月一个夜晚，国民党反动派在南京雨花台，秘密杀害了她亲爱的战友高波同志。她的知心革命朋友，她敬爱的人生老师，把自己的青春、热血、生命以及艺术才华全部献给了中国革命！

李强，这位烽火剧团小鬼一下子陷入了悲痛的回忆中。这时，她忽然听到身边传来更强烈的声响，那是庆祝国庆观礼的文艺大军，他们过来了，一眼望不到头，那里面有新战士，也有李强的老战友。李强透过泪眼望过去,禁不住在心里说:"高波同志,您安息吧!我们将继承您的遗志,全心全意地为人民服务!为新中国的建设服务!"

第九章
流自内心深处

像高波这样优秀的战士,既多才多艺,又擅于做领导组织工作,是不可能不得到组织上的器重和培养的,这也是革命发展壮大的需要,顺理成章。

高波在学习期间，表现如何？ 雨花台烈士纪念馆里，收藏着高波写的一份学习检查总结，这份总结是在哪个阶段写的，没有具体说明，但我们从他的字里行间，读到了他的态度，他的灵魂，他对革命的忠诚和对自我的要求。

他在"家庭出身"中简要写道："父亲作裁缝，家境贫苦，本人读书勉强维持到初中一年级，辍学投入军界。"

在"思想转变"里他写道："由于从小受到地主压迫，富有斗争精神，加入军队当勤务员时不满意军官压迫士兵，逃回家里，后来到杜斌丞先生处工作，受到他的影响，接近革命分子，同情革命，并予以帮助。当时虽有加入革命之意，有人认为我吃不了苦也没介绍。在外县当大队长训练保甲壮丁（双十二事变前），部下怀疑我是共产党。其原因：我特别恨地主阶级的保甲长，另一方面我随便到'苏区'边界（当时想若被捉走正好就当红军去）。"

在"文件学习和转变"中他写道："本月文件学习因工作是流动性的受了妨碍，只有一篇（做了详细笔记，三篇作了摘要。一般学习时间抓得不紧）。"

学习后收获不小，对自己的英雄主义做了反省。开始改正暴躁的性子（同熊处长吵嘴忍耐了很多），觉得在同志的关系上感情用事是不对的，过去对韦科长有成见，夸大人家缺点等。

对组织上不愿讲的话——不满意政治部的干部政策，现在讲出来了。积极地写了墙报，参加巡视团的工作是积极的。

他在入党后的表现中写道：在宣传队工作是积极的，做出了一些成绩。唯英雄色彩很浓厚，领导上一把抓，对干部缺乏说服教育，有时打骂干部，男女关系过于随便（自己承认爱与女同志开玩笑），因这个方面原因引起干部不满，组织上也给予了批评。

到烽火总社和文艺科工作是最难受的几年，因自己不适合这工作曾向组织数次提意见，终未调换，当时认为是一种处罚。现在还感觉是处罚。那时候上边也没有具体的领导，工作是没有计划的，应付了一些临时突击工作，这些临时工作都完成了任务……对大多数同志是热情的。

他在会后应注意事项中写道：1. 学习上要抓紧些，注意克服英雄主义；2. 生活上要严肃一点儿，按时休息；3. 工作上要有经常性，保持一贯的积极。

对共产主义怀着坚定信仰的高波，他在"检查总结"中的每一个字都是从内心里流出来的，都是真诚的，也是朴素的。他在告诫自己，这也是对自己信仰的忠诚表达。如果说我们从这里还无法看全他的精神是多么明亮，那么，从他的"家书"中，我们会为他的革命追求而动容。这可是他写给妻子的"家书"啊，这个世界上与他相依为命肝胆相照的革命战友。在"烽火连三月，家书抵万金"的时候，其心早已是"国破山河在，城春草木深。感时花溅泪，恨别鸟惊心"了。但"家书"的字里行间，无不透露出自己与革命理想相联系。

波：

毕老乡带给我一信，看了异常兴奋，莉莉是那样乖巧啊！

前日我给戴区长信内装着你的一信，是否收到？这信是西堂姓万的带去的。那里面问了你好些事情。可是你并没有答复,想是没收到吧?

再重谈一遍——你是否去定边?什么时候?到定边住在哪里?你的工作确定否?是你自己办呢?还是要我办呢?如下期不在白泥井时一定是在定边或盐池了。不过这两处的待遇都比较差,这是你知道的。总之要你自己做主,如决定了可来信告诉我。

莉莉不是眼痛吗?可要留意些呢?多给吃些鹧鸪菜,据说这药小孩吃了非常好。

我的病好了,照常工作和饮食,你不必多忧。

祝

你们安乐。

波

上面的这封信是用毛笔写的,从行文字迹看,很匆匆。但信里充满了对母女俩的爱、惦记和柔情。但革命正在进行中,是否去定边?什么时候?到定边住在哪里?你的工作是否确定?是你自己办,还是要我办呢?

并告之"这两处的待遇都比较差","你自己做主",如决定了可来信告诉我。一句接一句的关切,在那个残酷环境中,催人泪下! 下面这封给妻子的信,是用钢笔写的。

波：

因为急于准备打仗,给你寄来一些东西(毛衣裤、毛呢夹衣一套,我的单军衣两套,给你做了一套单衣。眼镜一副,齐正强的鞋一双。单子一块,还有王树林的一些东西,还有曹树林的一个包袱),你那里比较不要紧,如果你也移动时,政府动员牲口也好运输。

莉莉乖吗？应留神照顾。很忙,再谈？(另有褥子一块,单子一块)。

祝

安乐！

波

莉莉乖吗？ 一声询问,多少关切！ 作为一名革命父亲,他思念女儿又能怎么办？ 在准备打仗前夕,随时都有牺牲的可能。他把自己仅有的东西寄给了妻子！除此，他还能表达什么？时间的紧迫，行动的紧张，高波匆匆写下这几行短字，可以读得出他当时的心情。没有任何力量，可以阻碍他奔赴革命的最前线！为了中国人民的解放，他能够舍弃的都不在话下。

这封信也许是高波在牺牲前给妻子的最后一封信。因为高波的女儿高安莉说，家里除了保存父亲生前的一副眼镜外，没有其他可纪念的东西了。

战争是残酷的，革命是有牺牲的。从这封信里可以看出，无论他对妻子女儿多么牵挂，但仍然要做出随时随地为革命牺牲的准备。儿女情长不能没有，但永远不会超越心中那一份对革命的信仰和追求。一个革命者的英雄形象从高波的文字里，跃然纸上。这也就不难理解，高波在监狱中遭受国民党的折磨摧残时，为什么坚贞不屈，顽强斗争，最后在雨花台前慷慨就义！

第十章
被叛徒诱捕

1945年12月25日,国民党陆军新编十一旅一团在安边武装起义后,该旅二团团长史铃城坚持反动立场,企图依靠暗堡、外壕固守柠条梁,与起义部队顽抗到底,并妄图待援反攻。中国共产党警三旅与新十一旅起义部队配合，发起了攻打柠条梁的战斗，因史钫城顽固死守，战斗进行得很激烈，贺晋年旅长亲赴前线指挥作战。高波带领宣传队，冒着枪林弹雨直奔前沿阵地，发起政治攻势，喊话、呼口号瓦解敌军。战斗结束后，起义部队被改编为陕甘宁晋绥联防军新编第十一旅。曹又参任旅长，牛化东任副旅长，王子庄任参谋长，赵级三任一团团长，李树林任二团团长。高波被派往一团，任团政委，担负起改造国民党旧军队的重任。

高波任一团政委后，认识到改造国民党旧军队的工作，确实是一项十分艰巨的任务。因为起义军的成分很复杂，虽然起义是由我党地下组织直接发动和领导的，大部分领导骨干是共产党员和进步人士，但也有一部分人是凭上下级和私人交情盲从的，并非真正对革命有认识，个别家伙贼心不死，如团长赵级三，他公开刁难我党派任的政治干部，不少做政治思想工作的同志受过其辱骂和恐吓。但高波毫不畏惧，到一团后，忍辱负重，委曲求全，做了大量内外工作，收到很好的效果。

1947年春，胡宗南进犯陕北，马鸿逵匪部同时进犯三边。1月间，马匪已到盐池西的新五营镇。高波实行军事民主，发挥集体领导，善于走群众路线，把政治思想工作运用于战略战术之中，他指挥一团，首捷前哨站——袭击新五营，继而巧施"空城计"，于盐池城展开抗击战，在敌强我弱的情况下，以少胜多，战果辉煌。同志们夸他是"有文事者，必有武略"。4月3日，中国共产党的军队奉命撤离三边，退至南山，赵级三认为时机已到，公然率部叛变。

那是4月的一天，高波的爱人成波带着女儿高安莉在高波的驻地安边东南山区姚家峁子住了几天，这一天，部队计划继续向南转移，成波抱着女儿高安莉与高波分别了，可她们怎么也没有想到，这竟是永别。下午分别时，高波看着娇女和爱妻，本打算送她们母女一程，但经过炮火洗礼的成波，说什么也不让他送，她对高波说："我们都是共产党员，不应搞特殊，形势这样紧张，这里离不开你,何况我们是走向后方的。你在前方,除了搞好工作,可要珍重自己呀!"心怀鬼胎的赵级三和他太太当时也随高波与成波送别,赵级三说:"既然成波这样说了,那就不送了,晚上开会不能没有你。"高波对赵级三说的话也没有引起一丝一毫的警惕。赵级三是一团之长,高波是政委,团部开会,少不了他高波,是极为正常的安排。高波怎么也想不到,赵级三按照他的预谋,叛变了。

赵级三早已在暗地里通过安边东滩的一个绅士张久明和镇川的一个商人张光远,与榆林的伪二十二军及邓宝珊的伪总司令部联系好,准备叛投邓部。叛变的头天晚上,赵已背着高波等人召集他的心腹连长开会,他开门见山地说:"我不革命了,你们怎么办?"回答是:"愿意跟随团长。"于是次日黄昏前,赵级三将他的通讯班、警卫班埋伏在团部,以处理一个叛变排长的问题为由召开会议,将高波政委、张承武副团长、常佩庭参谋长、高宜之营长、赵怀川营教导员等召集在团部的一孔一进两开的窑洞内,赵提出如何处理张排长的问题,大家正在低头思考,赵突然用手枪指着高波等人,大声说:"下枪!"随即窗口伸出数支步枪。高波见事不好,刚准备摸枪,即被赵抢先夺下。其他人的枪也被赵的护卫兵夺去,高波被当场绑住,拉在赵级三的马后,作为他投敌的见面礼。第二天一团被马鸿逵进犯三边的部队包围堵截,赵级三即投降马匪。一路上高波被拉在马后,跟着马跑,鞋跑掉了,脚磨破了,吃尽了苦头,先到定边,后被押送至银川。

高波被马匪押赴银川后,决定绝食三天,一些敌伪士兵在其正气的感召下,肃然起敬,偷送食品、烟茶给他,均遭拒绝。但他懂得,战士的责任是活着,不是死去,是活着战斗,他告诉同难的同志们说:"共产党人是从来不怕牺牲的,可是在共产党的辞典里也不会有'自杀'两个字。我绝食并不是要自杀,相反的正是自己给自己的一个考验,准备活下去和这些野兽搏斗一场!"

监狱,是他休息的地方。法庭,是他战斗的场所。高波被捕后,始终表现出不畏强暴的革命英雄主义的气概。每次提审他,他都要把法庭作为揭发敌人罪行、宣传红军理想的讲坛。他的话如同清亮的晨钟，使敌人的士兵醒悟；又如同寒夜火炉，增加狱中同志们的热气。每当提审完毕，他总是高兴地对同志们说："今天又给敌人美美地上了一课！"

马鸿逵亲自出马审讯高波了。他诡计多端，心理阴暗，先拿出纸烟对高波说："高政委，请抽一支香烟吧！"高波立即严肃地对他说："纸烟，我倒是抽，但不抽'美国造'，因为这是美帝国对中国人民敲骨吸髓的毒物。只有'边区造'才配称香烟，所以我抽的是边区烟草！"马鸿逵说："算了吧，别想陕甘宁边区了，你是团级，在这里官可以更大一些，爱人和小孩也可以接到银川嘛。"高波当面大骂："你不要在共产党人身上打主意，我们共产党人不是为了当官发财，我们是为了全人类的解放。你马鸿逵瞎了狗眼，要杀就杀，老子不听你的废话。我的家和小孩有党和毛主席教养！"高波义正词严。

马鸿逵被高波骂得狼狈不堪，他只得扫兴而退，后来对他的部下说："共产党一个团政委，对共产主义如此坚贞，他不仅有不怕死的胆量，还有很高的学问、利落的口齿。而我们的军官在这种情况下会怎样？能像这样的人有几个？"

在银川和高波同牢房、戴一副脚镣的是八团团长王正川，此人在八团打仗时很勇敢，该团也被称为"铁八团"。被俘后高波问他："你打算怎么办？"王说："只有死！"高波又问他："敌人问你，准备怎样？"王正川说："不能说的死也不说。"高波说："好！"还说："我们现在要准备斗争到底，审问时，我就与他们讲理，他们要打，我就要与他们斗争。"

1947年5月，高波被押送至伪兰州西北行辕俘虏收容所，这里后被编入伪青年训导大队二中队。

什么是行辕？抗战时期，国民革命军是按总部—战区兵团—集团兵团（兵团，路）—军—师—旅—团，共8级战术单位。1940年后简化为总部—战区—集团军—军—师—团，6级指挥机构。抗战结束后，国民党为了照顾论资排辈及抢占地盘等非作战需要，又将指挥机构扩编为总部—

行营（行辕）—绥靖公署（战区）—绥靖区—兵团/整编军—整编师—师（整编旅）—团，共8级。

绥靖公署主任相当于现在的省辖市的省委书记兼军区政治部主任（省部级）；行辕主任则为绥靖主任的上一级，相当于现在的战区司令。

所谓战时青年训导团，是在1941年1月皖南事变后，国民党反动派为加强对全国各地集中营的控制和统一对外名称，同时进一步迫害各地共产党员和抗日爱国人士起见，依据国民党中央党政军联席会议1941年2月15日第十次会议之决定，行政院于同月20日以"机"字第1104号公函，正式指定由行政院会同中央党部、军事委员会调查统计局和三民主义青年团等部门，组织战时青年训导团筹备委员会，并由三民主义青年团主办，但规定训导团在名义上隶属于内政部。之后，将全国分为几个地区设立分团，以"对于触犯非常时期维持治安紧急办法而具有一定情形之人犯实施训导使成为健全国民"。1941年1月，筹备结束，正式成立战时青年训导团。于是，从全国各地捕来的共产党员、抗日青年、爱国人士陆续被送进青年训导团。仅1944年的统计，就收训"奸伪青年"5670余人。1945年9月日寇无条件投降后，国共和谈，解散集中营，释放政治犯，战时青训团至1946年1月，彻底垮台。

伪青训队设在兰州五泉的四川会馆，四川会馆上写着"正气直升"四个字。高波经常对人说："我最喜欢这四个字。作为一名共产党员，我们的正气是直上九重霄的。"他经常同敌人的管理头目辩论，屡使敌人理屈词穷，后竟避而不见。

五泉山位于兰州市区南侧的皋兰山北麓，是一处具有2000多年历史的闻名遐迩的胜地。相传西汉年间，骠骑将军霍去病率领骑兵万人，奉汉武帝之命征讨河西走廊一带的匈奴。他的部队途经兰州时，扎营在皋兰山脚下。经过长途跋涉，全军早已是人困马乏，附近一带怎么也找不到水源，不能埋锅造饭。副将急忙请示，要骠骑将军拿主意，霍去病镇定自若，拿起马鞭在山坡上戳了五下，霎时有五股清泉顺着鞭痕从山坡汩汩流出，水味甘甜，不光供足了三军将士的用水,而且一直流传下来,成为历代百姓的重要饮用水源。这便有了霍去病鞭戳五泉的传说。其一泉为甘露泉,二泉为掬月泉,三泉为摸子泉,四泉为蒙泉,五泉为惠泉。

但这里石牢铁窗,且敌人戒备森严,纵有冲天之翼也难飞出去。7月份,高波在狱中过了党的生日,他对王正川说:"人多了,咱们组织一个党支部,以便领导斗争。"经过与其他党员联系商榷,在敌人的心脏里,一个新的党支部诞生了。高波任党支部书记,下设两个党小组,八团的党员为一个小组,王正川为组长,11旅的、政府的、游击队的为一个小组,高波兼任小组长。

党支部的主要任务是:

一、领导党员团结同志与敌人斗争。

二、宣传我党的俘虏政策,揭露敌人的野蛮残暴,瓦解敌军。

三、反对打骂,争取人权,要求改善生活。

四、收缴党费,集零为整,接济难友及伤病员。

五、监视、抨击敌特叛徒言论。

六、设法与兰州党的地下组织联系。

由于高波的坚强领导，在兰州监狱仅有一人叛变。

一次，敌新闻处派来六七个所谓科长，企图劝说高波变节，经过4个小时的激辩，结果愚蠢的敌人被高波斥责得哑口无言，反被他数落一场，从此再不敢鼓唇弄舌。回狱后他对同志们说："今天大快人心，给奴才们上了一课，训了他们一顿，但可惜白费力气，又犯了对牛弹琴的错误。"

1948年4月的一天，敌人将高波等4人押到五泉山四川会馆楼下的一间大屋子里，逼迫他们写"自首书"，当即遭到了高波的严词拒绝。敌人于是大打出手，使用酷刑3个多小时，并用细麻绳拴住他们的脖子，扬言要勒死他们，然而回答敌人的仍是一片痛骂声。第二天，敌大队长余荣宣给西北行政长官公署写报告，说高波等"顽固分子"无法改造，搞反宣传，搞破坏，要求严加处置。但鉴于高波表现出的思想文化和雄辩才能，未敢轻易下手。不久，即由西北长官公署呈报南京国民政府批准，将高波等4人押送至南京继续"官训"。

1948年5月，高波被押往镇江。他把党的工作交给狱中的共产党员王保民和贺志亮，很郑重、缜密地布置了工作，交代了任务。他对同志们说："政治生命是第一，革命气节不可丢，宁可站着死，不可跪着生！"鼓励大家坚持到底，夺取最后的胜利。同时，还留下一首诗："本为民除害，哪怕狼与狗。身既陷囹圄，当歌汉苏武。"

当时狱中的同志都依依不舍，料他此去凶多吉少，流着眼泪望他保重。他笑着说："只要我还活着，就要和敌人搏斗。我们共产党人从来是不怕牺牲的，要和敌人斗争到底！"

第十一章
在金山寺的"训导所"里

1948年5月3日到南京后,高波等人即被押往镇江金山寺"国防训导所",编入第一中队。按训导所的规定,新来的犯人必须写自传,被管训的人每天要写日记、"反省书",但所有这些,都被高波拒绝了。中队长要找高波谈话,他嗤之以鼻,不予理睬。

训导所内经常搞一些座谈会、辩论会。在一次和敌人辩论"谁是内战的发动者"和"三民主义与共产主义哪个适合中国国情"时,高波带头发言,用大量的事实揭露了国民党反动派发动内战的种种罪行,阐述了共产主义在中国一定胜利的必然性,把国民党反动派的几个说客驳得哑口无言。对于投降变节分子,高波也是毫不留情。训导所里有几个自甘堕落、贪生怕死、向敌人屈膝投降的变节分子,他们穿着国民党给的军官制服招摇过市,扬扬得意。高波一见他们便是一顿斥责。他还针锋相对地和国民党训导所当局办的墙报、黑板报、《训导月刊》等反动宣传进行了斗争,在墙头、门板上书写革命口号,张贴传单,宣传党的主张,欢呼解放军的胜利,极大地鼓舞了难友们的斗志。

高波等同志在训导所向敌人进行不屈不挠的斗争,使得敌人极为恼怒,找高波谈话。张启魁亲自出马,极尽威胁、恐吓、利诱之能事，妄图迫使高波叛党，当即遭到驳斥。张启魁黔驴技穷，只好向训导所所长欧阳美报告说："高波等人乱放炮，捣乱形势，应严加管教。"随后，敌训导所将高波等 20 余人集中到第三中队，即所谓"顽固中队"，由武装人员看守，严禁外出，张启魁对这些"顽固分子"亲自训话，个别利诱，说什么"走自新之路，可以量才录用"。继而又威胁说："如不守法，将送国防部严办。"高波面对敌人的色厉内荏，无畏地坚持斗争。他坚定地对难友们说："我们这个队是清一色的共产党员。我们要设法跑出去，能出去一个，就能给革命增添一分力量。"

监牢的铁窗只能锁住高波的身躯，但锁不住他向往党、向往革命胜利的一颗红心。但他随时准备为革命而英勇献身，他相信胜利就在明天。高波和难友密议，寻找机会，组织狱友越狱，为党重新工作。

在这里，高波与同时押解来的坚强的共产党员秦明，负担起了党组织的领导重任。其斗争的主要形式是：

一、在理论上驳斥敌人。

二、打击投降变节分子。

三、做好针对敌人的宣传工作。

坚韧的高波招惹了敌人,那些鹰犬便借势猖狂,伪训导所上校训导主任张启魁采取威胁、恫吓手段逼迫高波叛党投敌,得到了高波的回击,张说:"你受共产党的影响太深了。"高波回答:"不错,反过来说,你受国民党的荼毒太深了,这一点也不假!"高波因此触怒了张启魁,被他编入专门关押所谓"顽固分子"的第三中队。

高波精心策划越狱事宜。一次,他给一个敌人看管较松的同志做动员工作,送给他金星钢笔作路费,让他越狱去找部队。此人叫李魁子,李逃出后遭敌人追捕,高波便领导其他同志趁机呐喊逃跑,弄得敌人四处拦挡,顾此失彼,又有张汉辉、王会文、李贵支等人跳水逃出。

为此,高波被敌人加上了"越狱暴动"的罪名,使他遭受多次抽打和其他酷刑,但他宁死不屈,至死不渝。敌人强迫他写自首书,他很干脆地答复敌人四个字:"回解放区!"后来敌人看来硬的不行,趁他病重给他钱用,他拒绝接收。敌人禁止高波走动，但坚韧的共产党人高波，像是关在笼子里的美丽山雀，还是要歌唱。他与同狱的黄家熊同志，一个拉二胡，一个吹口琴，合奏《三潭印月》《苏武牧羊》等曲调。如同他写的《狱中诗》："本为民除害，哪怕狼与狗。身既陷囹圄，当歌汉苏武。"高波还放声高唱边区歌谣。在险恶的处境中，仍充满着革命的乐观主义精神。

1948年10月，伪镇江训导所认为高波等18人"经长期感化无果，遂将火速送往国防部保密局处理"。

国民党国防部保密局是新中国成立前蒋介石集团中规模最大的一个特务机关，它是继承了特务头子戴笠的衣钵，由军事委员会调查统计局（简称军统）改组而成立的。

高波对国民党的保密局是了解的，心里十分清楚，既然把他送到这里来，敌人是准备要对他下毒手了。他知道在革命的道路上前进，不得不做出自我牺牲。敌人是不甘心失败的，他们要对所有坚定的革命者，斩草除根，赶尽杀绝。他决心为革命贡献自己的一切，献出生命去殉自己追求的事业。他做好了牺牲的准备。他像一支黑暗里的火炬，燃烧自己，去照亮别人前行的道路，他甘愿做一支燃尽自己的火炬。于是，他从自己的破棉衣上撕下棉絮，捻成线条，给爱人成波织了一件线衣，连同别人送给他的一双袜子，托人带出去，并给成波捎信："我和你及女儿安莉永诀了，我的死是为着人类的解放事业，是光荣的！我死后还有成千上万的同志，我们的革命事业必胜，敌人必败！我虽死犹存，我的身体被匪国民党反动派毁去了，我的革命灵魂是永远不会被任何反动派毁伤！要把女儿带大成人接班，完成我没有完成的事业，要女儿参军，给成千上万的先烈报仇！你不要悲伤，跟党和毛主席干一辈子革命！"

新中国成立后，在南京雨花台烈士陵园展出了高波烈士的这封家书。一封红色家书，字里行间，是共产党人矢志不渝、爱党爱国的赤诚丹心，无处不凝聚着共产党人勇于拼搏、不怕牺牲、忠于人民的坚定信念，无处不彰显出共产党人无私奉献、无怨无悔的革命情怀，无处不存战胜敌人的大无畏革命英雄气概！正是他们舍生取义、血染山河，才有了今天的春风浩荡、红旗飞扬，才有了今天人民的幸福生活。这红色的家书就是红色的丰碑、红色的历史、红色的精神、红色的传承。高安莉每次带着后一辈子女来，凝视着父亲留给她的血写的家书，都心潮澎湃。她说："父亲的嘱托，我是一直铭记在心间。雨花台是我父亲长眠的地方，也是我们全家人的精神圣地。我的外孙女出生才刚满周岁，我们就把她抱去了雨花台，希望革命精神代代相传，也让父亲看到，他的下一代正在健康成长起来。"

高安莉心里明白，她父亲写给她母亲和她的家书，寄托着他对革命胜利的憧憬，它与千千万万封红色革命家书一样，都寄托着对下一代健康成长的心愿，希望继承革命先烈为之献出生命的民族解放事业能早日实现，"完成我没有完成的事业"的革命理想！高安莉用一生的努力，去实现父亲的遗愿。她用一生的忠诚，践行了父亲高波交代的

"跟党和毛主席干一辈子革命"!

雨花台梅岗也是南京最早种梅、赏梅之处。但就是这样一处清静幽雅、风景绝佳之地,自1927年蒋介石四一二反革命政变开始,却成为国民党反动派屠杀共产党员和爱国人士的刑场,浸满了十万革命烈士的鲜血。雨花台最高峰之下北侧,是烈士的北殉难处。1927年至1937年十年国共内战时期,被杀害的烈士都是在此处牺牲的。为了纪念牺牲的革命先烈,1979年在这里建起了雨花台烈士陵园的标志性建筑——烈士群雕像。苍松翠柏环绕中,代表众多牺牲烈士形象的9个烈士雕像,再现了就义前戴着镣铐,横眉冷对,视死如归的烈士光辉形象!这里,就有着高波的魂魄。

纪念碑前有一座高5米、名为"宁死不屈"的青铜雕像。雕像前长明火熊熊,象征烈士的精神不灭。纪念碑西侧山下,是烈士的西殉难处,也是烈士的丛葬处。当年牺牲的烈士被国民党草草掩埋于此。经岁月流逝,风雨侵蚀，新中国成立前这里曾现累累白骨，当地老百姓称之为"骷上骷"。

这里，兴许就有高波烈士的白骨！

1948年12月下旬，国民党反动派面临溃灭的恐惧，丧心病狂，采取卑劣的暗杀手段，在一个漆黑的深夜，在雨花台将高波烈士秘密杀害！那时他年仅35岁。

高波，我党的优秀党员，我军的英勇战士，我国人民的忠诚儿子，在战场上始终坚贞不屈地对敌斗争，坚信人民当家做主人的那一天，在中国共产党的带领下，一定会实现。他为此赤胆忠心，坚定不移，百折不屈，视死如归。他为实现共产党人的伟大理想，被国民党反动派残忍杀害了，但他虽死犹生！他仍活在革命者的心中，活在他女儿的心中，活在人民的心中！

第十二章
女儿的记忆和珍藏

2019年4月3日,高安莉从南京雨花台回到了西安。

雨花台,是她父亲高波长眠的地方。于是她的心就一直牵挂在那里,她似乎每天都在与英雄父亲用心交流,她有说不完的话要倾诉。她感到她的心和父亲的心在一起跳动，她甚至闭着眼也看到了父亲亲切的笑容，喊她莉莉。细算一下，到 2019 年清明，如果他不被国民党反动派残忍杀害，那么父亲该是 106 岁高龄了，而作为女儿的她，也是 73 岁了。

在高安莉保存的与她父亲有关的所有值得纪念的东西里，有一份发黄发脆的《烈士家属在宁活动日程安排表》，这份表是雨花台烈士陵园管理处制作的，时间是 1989 年 4 月 3 日。在这份安排表中，我们看到了 4 天的活动行程。这是她第一次来到雨花台凭吊她父亲，于是她把这份安排表珍藏了起来。算起来，到 2019 年，这份表在她身边陪伴她整整 30 年了。高安莉是把这份安排表珍藏在一本《雨花台革命烈士诗抄》小册子里的，那一页印着他父亲高波的《狱中诗》："本为民除害，哪怕狼与狗。身既陷囹圄，当歌汉苏武。"这首诗的后面，附着苏杰儒写的《我所知道的高波同志》。除此以外，高安莉还精心收藏了一张小小的剪报，这是一名叫蒲祖煦的写的一首组诗，名叫

《雨花台》。这足可见高安莉对雨花台的感情。她珍藏的这组诗如下：

人们对我说：

雨花石的花纹千种万种，

有的像苍劲的青松，

有的像挺拔的高山，

有的像奔腾的浪涛……

人们对我说：

雨花石的颜色颗颗不同，

有的像牡丹，

有的像玉兰，

有的像茉莉……

这回，我拾来一颗，

血红血红，亮光逼人。

一个战士说得好：

这才是最好看的雨花石头,

它像烈士红色的心!

死难烈士万岁,

花环簇拥着一座高碑,

碑上刻着"死难烈士万岁"。

呵,一位将军来了:

当年的战士来到雨花台,

难怪他的两眼盈满泪水。

因为他挨过敌人的皮鞭,

因为他戴过沉重的锁链。

当年,他曾是雨花台的"囚徒",

今天,迎着朝阳来到纪念碑前,

一遍又一遍默念着"死难烈士万岁",

他呵,深深懂得这六个字的内涵!

呵,"死难烈士万岁"!

六个字,包含六万万颗崇敬的心,

是领袖用人民的怀念和悲愤写成!

看吧,这满山松柏,这遍地鲜花……

听吧,这车鸣笛唱,这笑语欢歌……

先烈们渴望的自由富强的祖国呵,

今天正在红旗下挺胸阔步前进!

呵,花环簇拥着一座高碑,

碑上刻着"死难烈士万岁"。

历史在为光荣的英雄作证,

烈士不朽的精神万古长存!

高安莉认为,这两首小诗,歌颂的就是她的英烈父亲!他父亲就是血红血红的雨花石。

在高安莉的珍藏中,不仅有《雨花台革命烈士诗抄》,还有《雨花忠魂》《雨花台革命烈士故事》,那里边有她父亲的高大身影。这些文字，她不止读了一遍，她几乎可以一字不漏地背下来。

在高安莉珍藏的文字中，除了这些小册子，还有其他文字，如她父亲写给她母亲的书信复印件，以及新中国成立以后，她的母亲成波为了寻找丈夫高波下落的信函，其中有中共中央组织部的，有中共中央华东局组织部的，有中共中央西北局组织部的，有南京市委组织部的，有上海组织部的，还有高波的领导和战友的信函。高波被敌人杀害在雨花台后，他的妻子成波和女儿高安莉一直不知道消息。新中国成立以后，她们就不断向组织上提出要求，要找到自己亲人的下落。她们不可能不去寻找，那是她们生命中的另一半！有些信函因为时间久远，字迹已经模糊分辨不清了，但仍可以大体看到那信函中的意思和心情。

其中中共中央组织部给中共中央西北局组织部的信函如下：

西北局组织部：

前函询高波同志之下落，现华东局已答复，详情见附件。

此致

布礼

中共组织部干部处
1950年3月8日

中共中央华东局组织部的答复如下：

中央组织部并转西北局组织部：

去年十一月间西北局组织部曾来函要我们调查新十一旅一团团政委高波同志的下落，十二月间另函中组并由中组转南京市委查询，两信均已收到。

经我们向南京市委、上海市委及山东潍坊市高级工专李毅夫同志等询问后，得悉高波同志自被马匪俘送南京后（1949年5月以后）又被押到镇江集中营为匪特所残杀，已壮烈牺牲。详情请阅附件。兹将原件等十二页附上，希查收。

此致

布礼！

华东局组织部
1950 年 2 月 17 日

中共中央西北局组织部给中共中央华东局组织部的函：

华东局组织部：

高波同志系在新十一旅一团任团政委，于一九四七年二月二十三日由于赵级三的叛变，被马匪俘去后送兰州，后由兰州转送南京蒋匪政府。前曾给中央去电及信询问至今未复，今再写信请你处查一下究竟现在是在什么地方？生死如何？高同志的爱人（成波同志及小孩子）现住西北局，请你处于最近即函告我们为盼。

敬礼

西北局组织部
11 月 20 日

中共中央西北局组织部给中共中央组织部的函：

中组部：

原在三边工作之高波同志，于四七年被叛徒俘去，迄今还无下落，去年有从兰州狱内回来的同志说，高同志已妥送南京狱内，为此我们曾有过电报和信，可能是因未查明而未得你处回复，现高同志之爱人陈（成）波同志又在为此事询问，并要求来中组部专打听其爱人，故再信问高同志在解放南京前后是否有下落？并望在近日内回复为祈！

此致

布礼！

西北局组织部

11月22日

中共中央组织部给南京市委组织部的函：

南京市委组织部：

请你处为查询高波同志之情况，查明后复我处为盼（原件退回）。

此致

布礼！

中央组织部干部处

12月9日

　　中共中央西北局组织部给军区卫生部的函：

军区卫生部：

　　你处陈（成）波找其爱人高波同志，近接中组一信，已息（悉）高波同志已壮烈牺牲。希转告陈（成）波同志外，陈（成）波同志及其小孩之困难问题，应由你处很负责任地给予照顾。

　　附来信。

　　此致

敬礼！

西组干部处

3月16日

成波寻访已久的丈夫，高安莉渴望见到的父亲，已经被国民党反动派杀害了，她们再也见不到亲人了，高波无法亲自享受革命胜利的果实了！

经过战争洗礼的成波，接受了这个残酷的现实。好在，她身边还有女儿高安莉。

2017年11月13日上午9时45分，南京雨花台烈士陵园工作人员周洁，配合南报网在西安市雁塔区高安莉的家中采访了她，在这次采访中，高安莉透露了她母亲寻找高波的一些细节。

问：你们是怎么知道父亲牺牲的消息的？

答：后来找不见也联系不上我爸爸以后，我妈妈在1949年开始找我爸爸。先是给中央组织部发过信函，让他们帮忙查一下高波的下落。中央组织部又发给了华东局西北局，我妈那时候属于西北局，就让他们协助查找，后来是华东局和南京市委把情况给查实了，爸爸在1948年10月已经牺牲了，我妈这才知道我爸爸已经不在了。我是1946年还是

1947年的1月份生的，我爸1947年4月份就被逮捕了，就几个月。我妈也不跟我具体说我到底是哪一年出生的，反正有的资料上写的是1947年1月，有的资料上写的是腊月二十一，所以我后来就自己填了一个1946年12月21日，爸爸被捕的时候我也就几个月大吧，完全不记事呢。

后来的情况就是因为我妈一直不愿意跟我说，我妈不愿意跟我说以后我也没问，后来有一次我同学拿了一本烈士诗抄给我看，上面有我爸写的一首诗，底下简介里边，我觉得跟我爸爸有点儿像，虽然我妈不说，但是跟我妈一块儿工作的人断断续续会说一些话，有时候在耳朵里能听到一点儿。那时候我在西安上学，我妈在宝鸡，我就给我妈写了封信问我妈这是不是我爸爸，我妈后来给我回了一封信，说就是你爸爸。她说因为你年纪小，我没有给你说，所以想等你大了你懂事了再告诉你。既然现在你问了，我就告诉你。然后她就告诉我，说我爸就是多才多艺、很能干的一个人。后来因为他们分开了，他牺牲以后，这段时间什么情况她都不知道。到最后她是问了中央组织部才知道这个情况，所以这段事情她不是太了解，后来都是从狱中出来的人找她，给她送东西的时候，她问了些情况才知道的。我同学里边有好多家长跟爸爸原来都共事过，我们在一块儿到他们家玩的时候，他们的家长都会或多或少跟我说一些。

问：家里母女俩的生活各方面如何？

答：我妈妈一直在部队工作，直到1955年才转业的，1955年以后到地方上搞行政工作。我妈妈那个时候工资少，一直没有找组织上接济。后来中央组织部给西北局一封信里边，就说我爸爸已经牺牲了，让西北局好好照顾我的母亲和照顾他的孩子。那我妈妈因为有工作，所以就一直没有找过组织帮过忙，一直都是靠我们自己。到我大学毕业以后工作了，1989年吧，雨花台烈士陵园的工作人员来找我，我才开始把我的烈属证办回来。

问：您父亲是一个英勇坚决的共产党员，您觉得他对您有一些什么影响吗？就各个方面都可以谈。

答:我对烈士是非常崇敬的,后来知道我自己的爸爸也是个烈士,我心里就更加感觉不一样了。

我爸爸是一个革命者,我作为一个革命后代烈士后代,我就想,我一定要好好学习,自己的工作一定要搞好。要坚强,要勇敢,好好工作,不能给我爸爸丢人,因为我爸爸那么勇敢,对共产党那么忠诚,所以我就觉得我要向他好好学习,我要跟他一样,我也要好好地为人民服务,所以我一直工作都比较好。

有一件事我很遗憾,那就是我爸爸给我妈妈写的信里边就说希望我继承他的意志去参军,但是这个我没达到,我中学毕业后原本可以保送军事院校的,但因为我的眼睛不合适,所以第一关就被刷下来了,没当成兵这是我最遗憾的。我觉得虽然不能当兵,只要继承革命意志,好好工作也是一样的,所以我从小学、中学到大学都一直是好学生。工作以后我一直勤勤恳恳,后来1991年加入了中国农工民主党,入农工党后任西安市第一医院农工党支部主任、西安市农工党市委会委员。

问:跟父亲那边的亲戚还有联系吗？他们是怎么回忆高波烈士的？

答:一直没有,一直到上大学以后快毕业的时候,我大妈来医学院找我,说你回去问你妈你还有这么一个亲戚,我才知道的。以前虽然知道一点儿,但是不详细,因为我妈提起这个比较悲痛,我也不愿伤我妈的心,所以后来就一直没有说这个事。我妈改嫁以后为了维护这个新家的安定,所以我也不愿意多说这个事情。上大学实习的时候,我大妈也就是我爸爸的哥哥的老婆,领着孩子来找我的时候,那时候我还不知道我爸爸家里的情况,就他们找了我以后,我才知道我大妈还在,我大伯已经去世了,我四姑还在,他们都在找我,都见了我。

我四姑回忆说我爸当兵以后有一次骑着马从延安回去米脂,还带着我妈,大家都在欢迎他,但是我没有太详细地问具体细节。我四姑,因为我爸爸在她很小的时候就参军了,她了解的事情不是很多。我1998年还回去米脂找过我爸爸的家,就是想看看他住的地方。他们说是那个院,我就拍了个照片,还有就是那个烈士陵园里边有我爸爸高波的名字。米脂县民政局有人来找我,说了解我爸爸的情况他们要写回忆录,最后他们给我一本米脂县志,米脂县的县志上面有我爸爸的名字。

问:你是不是常跟孩子们讲起高波烈士的事情呢?

答:他们都知道了,我女儿他们都知道,就是为了给他们教育。我带着我女儿回过米脂一回,女儿、外孙、外孙女都知道高波,但对他们来说概念不深,毕竟觉得就跟书上写的是一样的,不像面对面这样的比较近接触过,但他们知道,一说高波,就说知道知道,是太爷爷!明年清明我们肯定还要去雨花台,外孙、外孙女都要去!

在高安莉的收藏物品里,有一张被放大了的她父亲高波穿着八路军军服的照片。 照片上的人面目清秀,目光坚定,英气逼人,如果不是穿了八路军军服,看他就是一个学生青年。 还有两张小的照片,一张是高波戴着深色眼镜照的,这张小照片里他看上去是知识分子的模样,大背头,唇微张,目视前方。另一张小照片是他和他的两位战友的合影,从衣着上看,像是在烽火剧团。三位年轻战士,脸上洋溢着自信和坚定。她把她父亲的这些珍贵照片,珍藏得极为仔细。2019年4月3日,她从南京雨花台凭吊先烈父亲后,还向她的朋友发了许多张她亲人的照片,这些亲人都是和她父亲高波有着血缘关系的,可见高安莉对她父亲,是如此痴热和爱戴。她在这些照片下,注上了简单的介绍,现摘录如下:

之一:这是我大伯一家,大概在1957年我奶奶去世后,从米脂回延安照的全家照。前排人从左到右:高小燕、我大妈……

之二:我大伯的小儿子高一权,我大伯、大伯的大女儿高海燕。

之三:我爷爷是米脂有名的高裁缝,爱喝酒,抽自己卷的烟。(想高波在狱中被敌人用香烟利诱时说:"我抽的是'边区烟'!"他身上一直有他父亲米脂人的骨气!)

之四:大伯的大儿子叫高一民。

之五:我妈妈在延安时和战友,妈妈在左边。

之六:我大伯和我爸爸。左边是大伯,右边是我爸爸。

之七:这是我姑姑和姑夫(父)。

之八:这是我和妈妈,我最早的照片。

之九:这是我和妈妈,1949年4月6日。

之十:这是我和叔叔、阿姨在卫生部西安办事处,刚解放时的。

之十一:上,左到右,1950年2月10日,1950年3月6日,1950年7月9日,1950年11月4日,下边没有时间,估计还是1950年11月。第一、第三是和小朋友,第四、第五是和妈妈,第六是和妈妈、妈妈的同事和孩子。

之十二:这是我大妈李雪涛。

之十三:这是我妈妈和陈桂荣阿姨,1942年在延安中央党校合影。

之十四:这是我妈妈年青(轻)时和战友在延安时的照片。

之十五：这是我妈妈1951年4月8日和战友在办公室。

之十六：我只认识我妈，其他人我不认识。

之十七：《高波浩气壮山河》一文的四张截图，最后一段文字如下：

1948年10月下旬一个漆黑的深夜，在国民党反动派行将灭亡的前夕，刽子手们采取卑劣的手段，将高波同志秘密杀害于南京雨花台。终年35岁。

在高安莉收藏的许多剪报当中，有一篇叫《雨花台前的沉思》，作者为袁峰安。也许这篇文字，正是高安莉要表达的，所以她精心剪裁下来保留至今。全文如下：

当大地刚从晨曦中苏醒过来，列车徐徐驶进了南京西站。南京是"六朝古都"，是浸满英烈鲜血的雨花台所在的地方。

雨花台，高不过60米，方不过3平方公里，既没有峻峭的山峦，也没有绚丽的花朵，更没有倒挂奇岩绝壁的飞泉瀑布。但它却以独特的魅力吸引着亿万人的心。

这是因为,这里曾渗透了烈士的鲜血,这里的一草一木都寄托着人们的深情。从1927年到渡江战役胜利前夕,国民党反动派在此屠杀了十多万革命志士,绞杀了无数革命党人,真是"碧血长江流不尽,青山红雨石生花"啊!

我怀着肃穆的心情,步入雨花台广场。只见阳光下巍然矗立着一座气势磅礴的大型石雕群像。它是由197块花岗石拼成,高13.3米,重1374吨,是新中国成立以来建造最大的一座纪念群雕。它成功地塑造了九位烈士宁死不屈的形象,再现了他们昔日横眉冷对刽子手的悲壮情景,表现出中华儿女视死如归的浩然正气,令人为之无限敬仰。

登上山岗,极目远眺。举世闻名的"中华门"尽收眼底,城阙古墙,巍然屹立;高楼大厦,鳞次栉比;金陵饭店,直耸云霄。这些建筑物标志着一个新的天地。那种"万户萧疏鬼唱歌"的时代已经永不复返了。缅怀雨花台前牺牲的烈士,眼前的一切,怎能不使我感慨万端!

雨花台牺牲的先烈,献身时一般只有30岁左右,正是为革命效力的大好年华,但他们却一个个过早地离开了我们。

工人阶级的杰出领袖邓中夏就义时39岁,青年运动的先驱者恽代英捐躯时36岁,党的六大政治局委员罗登贤烈士仅仅度过了28个春秋。特别是看到陕西籍的三位英烈的有关资料和英勇事迹时,我流下了激动的泪水。合阳的师集贤,临终时31岁,米脂县的高波和杜焕卿女士,赴刑场时分别为35岁和22岁。他们风华正茂,为了革命,从黄土高原来到长江之滨,在和反动派斗争的年月里,他们献出了宝贵的生命。

望着烈士们的丰碑,我萌发出内心的感叹,究竟是为什么,他们过早地结束了一生?烈士的遗嘱给了我有力的回答!

1928年担任共青团南京市委书记的史砚芬就义前给家中的信中写道:"我的肉体被反动派毁去了,我的自由的革命的灵魂永远不会被任何反动者毁伤。我的不昧的灵魂必时常随着你们,照护你们和我未死的同志。"恽代英的狱中诗:"浪迹江湖数旧游,故人生死各千秋。已摈忧患寻常事,留得豪情作楚囚。"这些都表现了革命者的崇高气节和誓将革命进行到底的决心。

在资料陈列室里,我站在刚刚 17 岁的石璞烈士的遗像前沉思,尽管他脸上还带着稚气,但我察觉到他内心的火在燃烧,多么可贵的年轻生命啊!

雨花台是一面照亮人们灵魂的镜子,在这里可以看到自己心灵的污垢,可以治疗自己身上的病根。只有在这里,人们才能真正辨别什么叫纯洁,什么叫忠诚。

敬谒雨花台的朋友,请你留步!喝上一杯芳香的雨花茶吧,捎走一片红枫叶吧,那上面染着烈士的鲜血!带去一颗雨花石吧,那里闪现着烈士的精灵。每当你看到或想到它时,它就会给你以志气,给你以胆识,给你以勇敢和力量!

第十三章
亲人的缅怀

清明追思先烈，情寄红色未来。

2004年4月4日，天气格外晴朗，前来雨花台烈士陵园祭扫烈士的人超过15万人。陵园管理局承受着巨大压力。在纪念馆入口处，尽管工作人员手拿喇叭不停地进行人流疏导，仍然挡不住奔涌而来的人流。9点20分，革命烈士纪念碑前的人流量已接近饱和。

2012年4月1日，40多个家庭近200名烈士后人，前来雨花台烈士陵园祭扫，缅怀革命先烈。这是雨花台纪念馆新馆改造以来的第一次大祭扫，也是烈士亲属祭扫人数最多的一次。

"我们以前来过南京几次，每次祭扫都会在其他几位烈士的遗像前鞠几个躬，也曾想过和他们的后人联系，但一直没遇见过。没想到，今天我们就碰到一起了！"烈士的亲人们，在相互诉说着祭扫的心情，他们的想法不约而同，如此一致。

2017年3月27日，南京理工大学继续教育学院15级经贸英语班的全体同学，来到烈士陵园，缅怀用热血和生命造就美好河山的烈士英雄。

在庄严的革命烈士纪念碑前，在革命烈士的注视下，他们庄严地宣誓："缅怀先烈，牢记传统；不畏艰苦，努力拼搏；为青春的理想而努力拼搏，为中华民族的伟大复兴、发展努力奋斗！"他们行走在幽静的陵园小路上，遥想烈士们当年献身救国的万丈豪情和慷慨激昂，宛如在聆听一首可歌可泣的英雄赞歌。也许，岁月能改变山河，有一种精神却永远不会失落。忠诚于党、热爱人民、报效国家、献身使命、崇尚荣誉的精神，将超越时空，凝聚成民族之魂，化为人们恒久的追求！

"为了追求光和热，人宁愿舍弃自己的生命。生命是可贵的，但寒冷寂寞的死，却不如轰轰烈烈的死，这些伟大的革命先烈，正是怀着这样一种信仰，为了解放全中国，抛头颅，洒热血，用血肉筑成了我们新的长城！作为和平年代的新一代，我们应当了解新中国来之不易，并继承革命前辈遗志，努力把我们的祖国建设得更美好！"让中华民族屹立在世界民族之巅！

折柳寄相思，满盏思故人。2018年4月5日上午9时，一场特殊的凭吊仪式在南京雨花台烈士陵园举行。来自40多个雨花台烈士家庭的近180位亲属，在纪念碑前默哀，敬献花圈，表达对革命先烈的崇敬和对亲人的思念。

"我父亲生前是烽火剧团的团长，多才多艺。家里现在还珍藏着他的书信和照片。"高波烈士的女儿，72岁的高安莉特地带上女儿、女婿和外孙，从西安来到雨花台追思、怀念。而最让高安莉欣慰的是，父亲的精神已经一代代传承下来："小孙子前段时间的一篇作文，就是以我父亲的一张照片为主题的，写得很好！"

2019年4月2日的南京，尽管未见清明时节的纷纷细雨，天气却一片阴沉。当天，来自江苏社会各界的数万人前往南京雨花台烈士陵园祭奠革命先烈。据陵园管理局官方统计，近一周内，已有近50万人入园凭吊烈士。仅当天预约的团体就有二三十个，另外自发前来的团队超过百余个，预约入园人数将在5万人左右。

2020年4月4日上午，受疫情影响，雨花台烈士陵园将清明祭扫从线下搬到了线上。网络平台"云祭扫"直播开启，由雨花台烈士陵园管理局代表烈士家庭和广大网友，向雨花台烈士纪念碑敬献花篮，寄托哀思。

烈士亲属们共同在线上为烈士扫墓献花。烈士家庭用视频的方式向网友讲述动人的故事。加上之前线上的"云祭扫"小程序，整个清明节期间，全国共有200万网友致敬雨花台英烈，缅怀忠魂。

2021年3月21日，是个星期天，南京阳光明媚，风和日丽。位于南京城南的雨花台烈士陵园，一大早便进来了无数南京市民和学生。一批又一批工人、学生等，在旗帜的引领下，手拿鲜花，列队前来烈士陵园，开展形式多样的主题活动，缅怀和致敬先烈，表达将铭记烈士们的不朽忠魂。

而在此刻，远在西安的高波烈士女儿高安莉，年届75岁高龄，正做着精心的准备，在清明节前往雨花台烈士陵园祭奠自己的父亲，来看望自己的父亲，来向自己的父亲倾诉女儿的一腔思念之情。

在3月15日前后，高安莉就开始做准备，去南京雨花台祭奠自己的英雄爸爸高波。这一次陪同她的，是她的好朋友刘燕妮，一个身材高挑、说话很柔和的女子，这名字很洋气，让人想起一位伟大思想家的女儿。

接待她们的是雨花台的王媛媛。

雨花台的一草一木，尤其是开始萌发新枝翠叶的高大的松柏，仿佛是分别不久的亲人再次相逢，伸开了欢迎的手臂，去拥抱她们。王媛媛引领着高安莉和刘燕妮，来到高波烈士的遗像前，敬献花篮。高安莉凝视着自己父亲的遗像，静默着不说话。这就是她一周岁或两周岁时的父亲，她一生中从来也记不得与父亲说过什么话，但又是说了许多许多的话。她能感受到父亲对她的那份爱，她的心里，回响着父亲在就义之前，给她和母亲成波写下的诀别信——一个革命者在生命最后时刻留下的寄托和遗愿。高安莉用自己的努力，实现了父亲的遗愿，成长为对党和人民无限忠诚的人民医生。高安莉在心里说："敬爱的父亲，我没有让您失望。这是女儿对您最值得自豪和欣慰的回报。"

高安莉知道，在全国，有四处地方可以让她去祭扫父亲的英灵，分别是米脂县革命烈士陵园、延安革命纪念馆、西安烈士陵园和雨花台革命烈士纪念馆。每一处,她都去过,每一次,她都在心里向父亲诉说。

她记得有一次,她带着女儿的孩子去延安革命烈士纪念馆拜望父亲,在大门口被门卫拦住了,不让她进去,门卫说:"你得去买票。"

"我是烈士的家属,我来这里看我的父亲,还得去买票?"

"那也得买票。"

"我不买票,还必须得进去!"

高安莉刚烈的那一面性格显现了出来。这有点像她父亲。高安莉很纳闷,为什么女儿来看她的先烈父亲还要买票?

高安莉的坚持不买票,不是钱的问题,而是活着的烈士亲属的一份获得心灵安慰的需要或者是尊严!

"你有烈士证吗?"

高安莉被问得莫名其妙,这是一句极为愚蠢的问话!她觉得好笑,问门卫:"你见过有给烈士发证的吗?"

门卫语塞，他真的不知道天下有没有烈士证。

"烈士的后代，只有烈士家属证！"

最终，高安莉就是没有买票，走进了存放她父亲英灵的延安烈士纪念馆。延安，是她父亲走向革命道路的起点，雨花台，是她父亲为革命洒尽最后一滴血的生命终点。沿着父亲的足迹走来，作为父亲的后代，居然还要买票进门才可以，这有点不近人情。又一想，在延安，在陕北，为革命牺牲的革命烈士，也不仅仅是她父亲高波啊，有名的无名的烈士实在太多了。这一块革命圣地的红，就是无数革命先烈用鲜血浸透了的红！

因为父亲高波的牺牲，作为女儿的她，一生用过三个名字，一个叫陈安莉，一个叫刘军，最终叫高安莉。

她说小学、中学时，名字叫陈安莉。父亲牺牲了，母亲还在。母亲也是一位坚定的革命者，她叫陈波，但写着写着，就写成了成波。不是她母亲写的，而是许多人这么写的，于是她母亲就由陈波变成了成波。但她母亲知道自己姓陈。于是后来当高安莉到了上学的年纪，就给她起名叫陈安莉。孩子失去了英烈父亲,当母亲的要千方百计保护她幼小的心灵,不让她再受到无名的伤害。

长大成人参加工作后的她,理解了母亲给她起陈安莉这个名字的用心。母亲的忍耐,母亲的坚强,母亲一生中从来不向高安莉提起她的父亲,一句也不提。这使高安莉一生中也没有从母亲的口中,得知一句关于她父亲革命斗争的事迹。那是她的母亲担心国民党反动派杀害了高波,也会杀害她,她不能让国民党的血腥再伤害孩子。

那个时候,陈安莉已经读高中了。她仍然不知道自己亲生父亲叫高波。只知道她是随母亲的姓。一次,她从同学那里,读到了一本《革命烈士诗抄》。读到一首名叫高波的烈士写的《狱中诗》,看了下面对作者高波的介绍,隐隐约约觉得这个名叫高波的烈士,是自己的亲生父亲。究竟是不是的?她给远在宝鸡的母亲写了一封信,询问她的母亲,这是不是她的父亲。

母亲给她回信了,说得非常简单,告诉她:"你还小,等你长大了再对你说。"

但陈安莉读了母亲的信,更加认定,高波就是她的亲生父亲。关于她是如何在读《革命烈士诗抄》时,感觉到作者高波是她的父亲的,她到70多岁时,也没有找到原因。她只是说,我偶尔听到身边的人说,我是烈士的女儿,就感觉这位叫高波的烈士,就是我的亲生父亲!她的好朋友刘燕妮说,这也许是她的第六感觉吧!

陈安莉上大学时的名字叫刘军。为什么?因为母亲改嫁后,她现在的父亲叫刘胜。她母亲改嫁的原因是,身边的同志劝她,你一个人带个娃,太辛苦了。刘胜政委是一个很好的人,你们组成一个家庭会很幸福的。原名叫陈波的成波考虑了很久,答应了。后来,成波为刘政委生了4个孩子,名字是从陈安莉的名字往下排的,叫塞利、西利、果利、末利,都是胜利的利。到了陈安莉上大学时,就把名字改为刘爸爸给起的名字了:刘军。同时,另外几个弟弟的名字,也都改了,分别叫:刘兵、刘强、刘伟、刘勇。这大概是1966年或是1967的事。

烈士高波有一个哥哥,在"刘军"上大学时,她大伯的妻子也就是高波的嫂子带着娃，找到了她。两代人相见，"刘军"终于知道自己真正的来处是米脂高家！

从此，"刘军"与父亲高波的亲人建立起了联系。也就是在这时，"刘军"的弟弟们先后结婚了。家庭增加了新成员，也带来了新的矛盾。这些矛盾看似与"刘军"没有关系，但"刘军"本来就是高安莉，这就有了关系。母亲说，这个家你不能待下去了，你回高家去吧。

回高家就回高家，本来就应该回到高家，回归父亲高波的怀抱。"刘军"在西安市第一人民医院参加工作后不久，大约是在1983年，就把自己的名字改回高安莉，这是她父亲给她起的名字。

但是，生养她父亲的故乡米脂，高安莉一生只去过一次。高安莉带着小女儿高欣好去了高波的故居，她四姑陪她们一起在窑洞前照了相。然后又去了高波的母校米脂中学，去了以高波的引路人杜斌丞命名的图书馆，去了米脂烈士陵园，去了米脂县政府所在地。这个时候的高安莉，已经是两个孩子的妈妈了。这一次回到姥爷的故乡，给高波烈士的小外孙女高欣妤留下了深刻的印象，至今难忘。可是后来，高安莉再也没有找到机会，回到爸爸的故乡米脂。除了自己的亲人，大概也没有人邀请她回去米脂看一看。

高安莉记得，母亲成波在离开西北军区卫生部西安办事处，调到地方陕棉十二厂后，也回过她的老家湖北省武汉市。家乡的父老乡亲非常欢迎她，希望她退休以后，回到武汉生活，但这个愿望没有实现。母亲家乡的亲人，记得这位从武汉走出的革命战士，清楚她对家乡的热爱、对亲人的想念。他们说，陈波在陕棉十二厂工作时，还想办法把退下来的机器，运到老家武汉，帮助家乡的人们发展生产，发展经济，盼望他们的生活一天天好起来。

高安莉知道，高波的哥哥，也就是她大伯，打算把自己的小儿子高一权过继给陈波，让他做高波的儿子。但陈波没有答应。为什么没有答应，陈波没说理由。但后来，她把高一权当成了高波和她的儿子，找到当地政府部门，要求解决高一权的上学问题，并且把高波生前的一些遗物，转赠给了高一权。 高一权考上西北大学以后，工作先分配在兰州，后调到天水。 高一权教导儿孙们不要忘记他们的先烈高波。 高一权的儿子高峰，就在高安莉2019年清明节前在雨花台祭奠父亲后的第二天，和爱人开着车，从甘肃天水赶到了南京雨花台，来祭扫高波的英灵，他献的花篮写着"孙子高峰"。

高峰的女儿高文静在南京上的大学，这也许是高峰认为他的女儿在这里上学，可以距离高波更近一点！ 后来她女儿从这里考取了兰州的研究生。 高一权的二姐高洁的儿子付强也是在南京上的大学，毕业后赴美国留学。 他在南京求学期间，每年的清明节，必去雨花台祭奠高波烈士。

一代一代革命先烈高波的后代，传承着他的革命遗志，他们的血液里流淌着高波的基因，在他们的心中，写着共产党，写着革命等鲜红的大字！

高安莉工作以后用第一个月的工资，为妈妈陈波（成波）买了一个闹钟。 第二个月为妈妈买了一块布料。 然后把第三个月、第四个月的工资，交给了妈妈……

高安莉是在妈妈去世后才得到消息的,她赶到天水,从殡仪馆里把妈妈的骨灰接回了西安,与早在1986年去世的刘胜爸爸合葬在西安烈士陵园。她的爸爸高波烈士墓,也安放在这个陵园内。

高安莉对高峰说,你从南京雨花台回到天水后,去西安见我,我们亲人再团聚一次,缅怀共同的先烈高波的在天英灵!

高峰说,一定会去西安!

第十四章
魂归延安

一

陕西米脂，高波童年的故乡。

走在青石板铺就的米脂东大街，去寻访高波烈士的故居。

　　这是一条有千年历史的老街。米脂，被陕西人称为"宝城"，而这条街就是"宝街"：北有李自成的盘龙山行宫，从高波的母校米脂中学后小门可直接上山，西有美女貂蝉的出生地貂蝉洞，南有民国总统徐世昌亲笔所书"古银州"摩崖石刻。米脂古城老街由十字街东大街、北大街组成，巷道分布于大街两侧，形成不规则网状，形若凤凰展翅飞翔。地面石板、石片随不同地形坡度，或平铺，或竖铺，各具特色，古朴而又富有情趣，是古城聚落的主要街巷景观。店铺林立，众多保存完好的窑洞四合院分布在大街两侧。四合院以"明五暗四，六厢窑"为主格局，古色古香，千百年来如一日。

　　大小并不规则的青石板，圆润而又坚硬。无论是哪一块，其中肯定有高波走过的那一块。他从这里走向东街小学，走向米脂中学，走向延安！他童年的身影，就印在米脂东街的青石板上。伟大的革命理想，也在这里开始闪光。

稠密的窑洞民居，齐聚在这里，带着令人沉思的历史痕迹。热情陪同我去寻访的，是米脂县委史志办的刘勇、县教育局的刘树鹏和高波母校东街小学的祁枝枝老师。古老的小巷很深，亦很曲折。究竟哪一座窑洞是高波的故居？他们知道方位，却不知道具体位置。穿行在小巷里，寻访了好几处，最终他们肯定地说，就在这里，就是这一家。

这是当年高波家的裁缝店吗？

高高的门槛、整洁的院子呈现在眼前。一排窑洞前，几位居民看我们进来，感到很惊奇。我们问这里曾是高波的家吗？有人不解，反问我们："高波？高波是谁？"其中一个年龄稍大的男人说："这里就是高波的故居。我们是从别人手中接过来住的。我们接过来时，已经是第四家了。前面三家怎么接的，去了哪里，不知道。但听他们讲，这就是原先高波住的地方。"

除了窑洞，这儿已经不可能再找到高波的遗存了。我心里觉得很遗憾。遗憾的还有，为什么高波的故居，政府没有出面保存下来呢？是不是在米脂，像高波这样的英雄儿女革命仁人志士出现得太多了呢？抑或是他们还没有来得及思考出最佳方案？（后来看到资料，米脂为革命事业献身的烈士有1074人之多，仅解放战争时期牺牲的就有783人，这其中就包括杜斌丞和高波。杜斌丞为省军级，高波为县团级）不管怎么说，高波的故居还在，生活在这里的乡亲，很快乐祥和，脸上浮现出幸福满足的笑容。这也许就是高波用鲜血和生命换来的吧！他的英灵如果回到故乡，肯定会露出喜悦的笑容！

告别住在这里的居民，我还是依依不舍，一次次地回头，仰望这座故居，我要把它深深地烙在脑海中。

二

走出米脂小巷，我们去高波的母校东街小学。

这是黄土高原上最具悠久历史的著名学校，曾经的"成德书院""圁川小学堂""县立第一小学堂"。一见到它的身影，我就为其气势所震撼。门前就是它的身世简介，从元代至今，这里出现过多少贤达名士，他们做出过的值得载入史册的贡献。早在1926年，中国共产党在陕北的领导人李子洲就在这里宣讲革命和党的政策，并建立共青团组织。李公朴、刘澜涛从抗日前线来到这里宣讲抗日战争形势。刘澜涛、马文瑞、常黎夫等杰出人才与高波一样，都在这里接受过启蒙教育，为民族解放、为新中国的建设，贡献出了毕生所有。

它的状元阁、大成殿保存完好，让人肃然敬仰。不知为什么，见到这古色古香的建筑，会突然联想到高波父亲的裁缝店。在这里，高波立下志向，用自己的智慧的双手，去裁剪旧社会，为伟大的民族披上一身鲜艳的新衣。

高波在这里！在大门里的画廊前，我站住了，凝神注视着高波英俊的照片。他也在望着我，如同他每天望着东街小学的学生们。黑白照片下，是关于他英雄事迹的介绍。我想，东街小学的学子们，早已把这些文字记在心里了。东街小学，因为有了高波，每一位孩子，都会从小就感到骄傲和自豪，他们在成长的道路上，心中有一盏闪亮的指路明灯，有一个走在他们前面的光辉形象。

东街小学启蒙了高波，于是，高波在东街小学的历史上，留下了崭新的一页。我的确为东街小学感到庆幸。我向高波深鞠一躬。

我们去了高波的另一所母校陕西省米脂中学。

米脂中学的大门是宏伟的，宏伟到我不敢迈动脚步。

校领导得知我们是为寻访高波的足迹而来，立即捧出《米脂中学校志》，翻开介绍高波的那一页，我又一次见到了高波，照片上的高波，和东街小学画廊里的神采一模一样。

三

在高波短暂光辉的人生中，杜斌丞起到了无可替代的作用。他既是高波的指路人，也是高波的引路人。可以说，是杜斌丞把高波送上了革命道路。

在米脂东街，我看到了一幢古旧的建筑物，门窗已经关闭了，所有的砖瓦都显示出历史的沧桑，也显示着主人的文化气韵。 这里是杜斌丞图书馆。 这个时候，我并不知道杜斌丞是谁，更不知道他和高波之间的关系。 我只是十分纳闷，这位叫杜斌丞的是谁呢？ 竟然有一处以他名字命名的图书馆，而且是在陕北黄土高原上。 心中油然产生了几分敬仰。

后来知道，杜斌丞是被毛泽东同志称赞过的人，是他把高波送到了延安，从此中国人民多了一名优秀的儿子。

杜斌丞（1888—1947），名丕功，字斌丞，后以字代名，米脂县城城隍庙人，米脂三民二中发起人和创办人之一，复办省立米脂中学的主要支持者。 高波的老乡加邻居。

辛亥革命前后杜斌丞就读于绥德中学堂、三原宏道学堂、国立北京高等师范学校。 求学期间博览群书，注重新学，广泛结交爱国进步师友，拓宽了视野。 1917年高等师范学校毕业后，被应聘为榆林中学校长。 他曾邀请共产党员魏野畴、李子洲和进步人士王森然等到此执教。 他团结师生，推进德智体并重的办学方针，提倡思想学术自由，以此造就人才。培养出了刘志丹、谢子长等一大批革命志士。他关心陕北教育事业，1926—1927 年，为创办米脂三民二中到处奔走呼吁，功在乡梓。

杜斌丞受大革命影响，不满井岳秀的军阀统治，于 1927 年辞职赴西安、武汉、南京、上海等地考察政治，主动接触共产党人及苏联顾问，政治观念发生了深刻变化，对国内政治有了清晰认识。从此诚挚拥护共产党，至终信守不渝。1930 年杨虎城主持陕西军政，他应邀由北平回陕任省政府和潼关行营高级参议，从此成为杨虎城的重要决策人物。1931 年他三度赴甘肃协助杨部开发经营西北，卓有建树。在担任甘肃省宣慰使署秘书长期间，秘密资助刘志丹、谢子长等共产党人在陕甘边的革命活动。1933 年，竭力促成杨虎城部与川陕边红四方面军达成互不侵犯协定。他以"联合则生，分裂则亡"的远见卓识，为东北军与西北军的团结作了极大努力。1936 年 8 月，毛泽东致函杜斌丞，让他以陕西省政府秘书长兼政治设计委员身份，参与红军、东北军、西北军联合办公厅的工作，积极推行张学良、杨虎城的八项救国主张。协助中共代表周恩来联系地方社会人士，为和平解决西安事变作出重要贡献。1937年国共第二次合作期间，他从多个方面支持八路军驻西安办事处的工作，掩护资助许多革命青年奔赴延安，高波就是其中之一。

1938年秋，他辞去陕西省政府秘书长职务，仍以省政府委员名义，为地方教育、水利事业、开辟垦区、安置难民及支援抗战等方面出力。1939年为复办省立米脂中学起了关键作用。1940年后的数年间，他辗转于西南各地，结识了李济深、李公朴、闻一多、张澜等民主党派人士，积极促进民主运动。1944年同杨明轩筹建中国民主同盟西北总支部，次年被选为民盟中央常务委员兼西北总支主任委员。1946年1月重庆召开全国政治协商会议，他以民盟顾问资格出席，反对国民党进行内战的企图和扼杀民主的行为。回西安后，他广泛开展民主运动。蒋帮特务机关对其极端仇恨，1947年3月20日，杜斌丞在西安被国民党宪兵逮捕。他在法庭上严词驳斥非法迫害及所诬罪名,并历数国民党的种种倒行逆施,将个人生死置之度外。在这一点上,高波与杜斌丞何其相似。1947年10月7日,在高波烈士于雨花台就义的前一年,杜斌丞在西安玉祥门外就义。杜斌丞殉国后,毛泽东写了挽词"为人民而死,虽死犹生",表示沉痛哀悼。1948年3月,经陕甘宁边区政府批准,在米脂县东街建立杜斌丞图书馆,这就是我在东街见到的那座陈旧的图书馆。1983年陕西省政府拨款在米脂县城南大街重建馆室,后又敬立铜像,以示纪念。在这座新馆里,我看到了毛泽东为杜斌丞题写的挽词,也在杜斌丞的铜像前静默了许久,而在这时,我总是能感觉到他的目光里,投射出的对高波的厚爱和寄托。

我感觉高波的英灵和杜斌丞的英灵,在米脂这块神圣的土地上相拥相望。

四

走出新建的杜斌丞图书馆,他们把我领进一家茶社。

来得有点儿早，茶社里还没有顾客，显得十分安静。木桌、木椅，很古朴厚重的气氛。他们问我："你还有什么要求？尽管提。能做到的都帮你办好。"我说我在县党史办，没有得到高波更多的资料，就和在东街小学、米脂校志上的一样多。而且在这里，在高波的故乡，我还没有找到一位当年高波的邻居，更别说他的同学、战友了。你们知不知道，在米脂，高波还有什么亲人在，还有谁知道他生前的事迹？他们很认真地想了一下，很遗憾地对我说，想不起来，也找不出来。我说，我听说高波有一个女儿，叫高安莉，她还在，在西安第一人民医院工作，已经退休了，去哪儿了不知道。他们都没有她的联系方式，你们谁可以帮我找到她的联系方式？刘树鹏老师的话给了我一丝希望，他说你确定她在西安第一人民医院退休的？我说我也是才打听到的，不敢确定。刘老师不再看我，看他的手机，低着头十分专注的样子，我也不抱任何希望。既然许多人都不知道，这也不是他们的工作范围，抱什么希望？也就安静地喝着茶，思考下一步到哪里去寻访高波的足迹。我感觉到高波在这里，就在我身边，望着我们，可我无法与他对话。

刘老师突然说话了，说找到了高安莉的电话号码！我几乎要跳起来了，急急地问他，在哪里？快告诉我。你是怎么找到的？刘老师说，我有一个朋友，在那个医院院办工作。我托他打听的，还真打听到了！我就感觉冥冥之中是高波的英灵在故乡特意安排的。也许是过于兴奋，我立即拨打了高安莉的电话，接通之后，我告诉她我是谁，为什么要联系她，特别地问，你是米脂高波烈士的女儿吗？得到了她明确的回答后，我说高大夫，明天我就从米脂去西安见您！我好像是找到了高波。刘老师他们为我获得这一联系方式十分高兴。米脂人，真实！

五

与高安莉约定好见面方式后，我预定了第二天去西安的车票，我需要马上见到高波的女儿高安莉。米脂县委宣传部常务部长杜芳荣说:"榆林不去了? 路遥纪念馆不看了? 毛乌素大沙漠绿洲也不去了? 还有镇北台、红石峡、榆溪河、古街都不去了? 来一趟不容易啊。"我说:"您已经亲自驾车带我去杨家沟毛主席当年的住地参观了,也安排我游了米脂县城,看了李自成行宫,还领我去县委党史办见了艾有为主任,给了我追寻高波足迹的许多建议,足够麻烦您了。 我是为高波烈士而来的,现在找到他的女儿了,我明天必须要去西安。"杜部长说:"真对不起,我们提供的高波的材料太少了!"他自掏腰包,摆了一大桌驴肉宴,告诉我说米脂不仅小米出名,米脂的驴肉也出名。 这家店是做驴肉最好的店,让我好好品尝一下米脂的驴肉,还有米脂的米酒。

这一顿送别的盛情款待,我真的没有尽兴。 杜部长很能理解我。 他说祝你在西安顺利,米脂随时欢迎你再来。我就感觉他们每一位都是高波。 我就说我找到了高波,你们都是。 杜部长和大家都笑说,都是米脂人嘛,吃小米扛步枪,打下了新中国。

一夜无话，第二天早早地上了火车。到西安安排好住处后，按约定立即给高安莉打电话。想到我们两个陌生人，因为高波而有缘相见，我有说不出的兴奋和激动。

我在宾馆门口迎到了高安莉，然后我就盯着她看，力图在她身上找到她父亲的身影和风采。高安莉热情地同我打招呼之后，一同在餐厅的一角，安静地坐下来。

高安莉虽然作为一名主任医生退休了，我看她依然保持着做医生的严谨。她面目和善，举止端庄，言语得体，有着知识分子的儒雅风度。她在我面前打开一个塑料袋，从里面仔细地一份一份拿出资料，有高波的照片，有关于高波事迹的书籍，有影印资料。她一件一件说：这是我父亲年轻时的照片，这是我小时候的照片，这是我父亲写给我母亲的信，这是我母亲寻找我父亲时，各级组织部门的回信。我问还有什么吗？她说家里除了父亲留下的一副眼镜，别的什么也没有了。有的全拿过来了。我说这些资料您从哪儿得到的？她说是雨花台烈士纪念馆专门给她复印的！我如获至宝，大喜过望。我说交给我吧，我用过之后再快递给您,一个字也不会丢。她说相信您的,这么远来为我父母写传,真辛苦您了。

很自然,高安莉开始向我讲述她和她父亲的记忆:

我对我父亲没有印象,我出生的确切日子至今也不清楚,我母亲不对我讲。为什么不对我讲,她也不说。我记得我小时候在西北保育院,隐隐约约听别人讲到我父亲。在西安上中学时,读到一本烈士诗抄,上面有一首名叫高波的人写的狱中诗。我感觉这个人很可能是我父亲。我回去问我母亲,写这首诗的人是不是我父亲?我母亲停了好半天,才对我说,这就是你父亲写的!

我是从西安医学院毕业的,实习是在西安交通大学第二附属医院。可我小时候的理想是参军,是入党。为了实现入党的梦想,我主动报名,参加下乡医疗队,住防震棚,和老乡打交道,他们对我很好,又关心又热情。

我大妈也就是我父亲的本家嫂子,有三个儿子两个女儿,曾经她想把她的三儿子过继给我母亲,但我母亲不同意。我大妈带孩子来找过我,但我不知道。后来我的这位弟弟从西北大学毕业，在兰州公安部门工作。我们同他现在还有来往。他曾经给我写过信。

我听我四姑讲过，我父亲曾骑着马从延安回到过米脂。我父亲的烈士证，办得很晚，因为找不到他的关系。后来，还是杜斌丞，就是把我父亲送到延安抗日大学的杜斌丞，他女儿杜瑞兰，在省政协工作，帮助我们解决了烈士证。我也知道，我父亲曾对杜斌丞建议过，请他出资，帮助刘志丹革命。高岗也曾向他打听过我父亲的情况。

我母亲后来转业到地方，是在陕棉十二厂党总支书记任上退休的。1998年8月27日去世。

我在大学时就是团支部书记，我渴望入党，像我父亲那样成为一名共产党员。但我无论怎么努力，都没有入成。上大学时没有入成，在宝鸡市第二人民医院工作时，我又交了入党申请书，领导说你下乡回来后再说吧。下乡一年后回到单位，领导还是没有考虑。调到西安新单位后，我又递交了入党申请书，领导说先考虑护士，护士的组织关系解决了，还是没有解决我的。人家说我早就是共产党员了，可实际上并不在组织内啊，组织里没有我的名字。我后来选择了农工党，一申请就批准了。我做过本单位农工党支部书记，西安市农工党支委员。还被评为建设社会主义积极分子！我一直到现在都从心里热爱共产党，拥护共产党，一生热爱和拥护啊，不会改变！因为我是革命烈士高波的女儿！每年清明节，南京雨花台烈士陵园都安排我去见父亲，我不能忘掉他活着的时候的革命理想啊！

是的，高波的英灵在故乡米脂父老乡亲心里，在崇敬他的人民心里，在他的女儿心里，更在这陕北黄土高原之上！

高波烈士永垂不朽！

2019 年 9 月 15 日修定

雨花忠魂·雨花英烈系列纪实文学

《流火：邓中夏烈士传》　　　　　　龚　正 著
《落英祭：恽代英烈士传》　　徐良文　于扬子 著
《去留肝胆：朱克靖烈士传》　　　　王成章 著
《夜行者：毛福轩烈士传》　　　　　周荣池 著
《残酷的美丽：冷少农烈士传》　　　薛友津 著
《爱莲说：何宝珍烈士传》　　　　　张文宝 著
《飙风铁骨：顾衡烈士传》　　　　　邹　雷 著
《碧血雨花飞：郭纲琳烈士传》　　　张晓惠 著
《"民抗"司令：任天石烈士传》　　　刘仁前 著
《青春永铸：晓庄十烈士传》　　　　蒋　琏 著

《文心涅槃：谢文锦烈士传》　　　　周新天 著
《丹心如虹：谭寿林烈士传》　　　　刘仁前 著
《云间有颗启明星：侯绍裘烈士传》　唐金波 著
《风向与信仰：金佛庄烈士传》　　　李新勇 著
《栽种一棵碧桃：施滉烈士传》　　　蒋亚林 著
《雄关漫道：陈原道烈士传》　　　　杨洪军 著
《忠贞：吕惠生烈士传》　　　　　　辛　易 著
《红骨：黄励烈士传》　　　　　　　雪　静 著
《热血荐轩辕：李耘生烈士传》　　　张晓惠 著
《世纪守望：徐楚光烈士传》　　　　李洁冰 著

《以身殉志：邓演达烈士传》	王成章 著
《逐潮竞川：孙津川烈士传》	肖振才 著
《生命的荣光：朱务平烈士传》	吴万群 著
《信仰无价：许包野烈士传》	裔兆宏 著
《金子：杨峻德烈士传》	蒋亚林 著
《血花红染胜男儿：张应春烈士传》	李建军 著
《青春祭：邓振询烈士传》	吴光辉 著
《任凭风吹雨打：罗登贤烈士传》	龚　正 著
《红灯永远照亮中国：吴振鹏烈士传》	曹峰峻 著
《青春的瑰丽：陈理真烈士传》	薛友津 著
《长淮火种：赵连轩烈士传》	王清平 著
《青春绝唱：贺瑞麟烈士传》	刘剑波 著
《逐梦者：刘亚生烈士传》	李洁冰 著
《抱璞泣血：石璞烈士传》	杨洪军 著
《新生：成贻宾烈士传》	周荣池 著
《血色梅花：陈君起烈士传》	杜怀超 著
《文锋剑气耀苍穹：洪灵菲烈士传》	张晓惠 著
《红云漫天：蒋云烈士传》	徐向林 著
《在崖上：王崇典烈士传》	蒋亚林 著
《生死赴硝烟：夏雨初烈士传》	吴万群 著
《八月桂花遍地开：黄瑞生烈士传》	辛　易 著
《英雄史诗：袁国平烈士传》	浦玉生 著
《青春风骨：高文华烈士传》	吴光辉 著
《魂系漕河四月奇：汪裕先烈士传》	赵永生 著
《犹有花枝俏：白丁香烈士传》	孙骏毅 著

《向光明飞翔：朱杏南烈士传》　　　　　梁　弓 著
《长虹祭：陈处泰烈士传》　　　　　　　李洁冰 著
《浩气长存：周镐烈士传》　　　　　　　胡继云 著
《山丹丹花开：胡廷俊烈士传》　　　　　杜怀超 著
《铁血飞雁：赵景升烈士传》　　　　　　陈绍龙 著

《壮怀激烈：顾浚烈士传》　　　　　　　梁成琛 著
《麟出云间：姜辉麟烈士传》　　　　　　杨绵发 著
《燃烧的云：谢庆云烈士传》　　　　　　晁如波 著
《一饫余香死亦甜：黄樵松烈士传》　　　赵永生 著
《于无声处：李昌祉烈士传》　　　　　　刘晶林 著
《正气贯长虹：高波烈士传》　　　　　　陈恒礼 著
《向死而生：陈子涛烈士传》　　　张荣超　谢昕梅 著

图书在版编目（CIP）数据

正气贯长虹：高波烈士传/陈恒礼著. -- 南京：江苏凤凰文艺出版社, 2025.1
（雨花忠魂：雨花英烈系列纪实文学）
ISBN 978-7-5594-8389-8

Ⅰ.①正… Ⅱ.①陈… Ⅲ.①纪实文学-中国-当代 Ⅳ.①I25

中国国家版本馆CIP数据核字(2024)第008319号

正气贯长虹：高波烈士传

陈恒礼 著

出 版 人	张在健
责任编辑	姜业雨
封面设计	马海云
责任印制	杨　丹
出版发行	江苏凤凰文艺出版社
	南京市中央路165号，邮编：210009
网　　址	http://www.jswenyi.com
印　　刷	南京新洲印刷有限公司
开　　本	880毫米×1230毫米　1/32
印　　张	5.75
字　　数	150千字
版　　次	2025年1月第1版
印　　次	2025年1月第1次印刷
书　　号	ISBN 978-7-5594-8389-8
定　　价	34.00元

江苏凤凰文艺版图书凡印刷、装订错误，可向出版社调换，联系电话025-83280257